I0542822

Đuka Begović
Ivan Kozarac

Đuka Begović
Copyright © JiaHu Books 2015
First Published in Great Britain in 2015 by JiaHu Books – part of
Richardson-Prachai Solutions Ltd, 34 Egerton Gate, Milton Keynes,
MK5 7HH
ISBN: 978-1-78435-173-1
Conditions of sale
All rights reserved. You must not circulate this book in any other binding
or cover and you must impose the same condition on any acquirer.
A CIP catalogue record for this book is available from the British Library
Visit us at: jiahubooks.co.uk

I

Đuka Begović vratio se iz M. Četiri je godine proboravio tamo
među zidinama kaznione. I već sutradan, prije osvita, prije negoli
je ijedan trak, ijedna živa boja protkala granicu istoka, kad je u
vlažnom zraku mutna predzorja bilo vidjeti tek nekoliko dimovitih,
nejednakih dúga, šutke je zapregao mršave konje pod rasušena
kola, čvrsto stisnuo uzde, pognuo glavu i pognao ih skokce na svoj
stan. Kad je zapazio da već ima seljana po dvorištima, povukao je i
kapu na oči, preko ušiju, i žestoko šibao konje. Selo mu se činilo
suviše dugo, dva, tri puta i deset puta duže negoli prije četiri
godine. Jedva je dočekao da umine posljednja kuća, nizbrdica i
uzak dolac i da se nađe na otvorenom polju što se katranski crni,
kao i na zraku koji, vlažan i oštar, tako ugodno šiba lica i zujika u
ušima. Za pol sata prispije na stan na kojemu ga četiri godine nije
bilo. Pođe po njemu, pregleda sve sa svih strana. Vidje prosiku,
dugu, jako dugu staru prosiku Hajke, šume -jednaka je. Eno tamo i
one trske i onog sabljastog šaša u bari pred prosikom! Jednak i on.
Vidje i njih: šljive, nasađene u dvoredu uokolo podvodna i šašovita
livadišta, i među njima, pri samom kraju, uz samu baru, staru
kućicu, prekrivenu crepovljem i baršunastom mahovinom. Eno i
bunara. Kvrgasti hrast koji među rašljama podržaje đeram - isti je.
I topovsko tane, ovješeno za pritegu, tamo je. I kad je potegao šibu,
zaškripala i zajecala đerma, baš kao i četiri godine prije. Jednako
poplakiva to mrtvo drvo... Eno i stajice za konje. Prekrivena je
pretrulom slamom i svežnjima kukuruzovine; po pokrovu tomu
eno rastu bijele gljivice i isparine se iz njega izvijaju na suncu. Do
stajice eno šupe, sklepešene od dasaka, nebrvnane i nepodzidane.
Zatim uokolo eno ograda, plot, zapravo plotić od prošća. Razvaljen
je, doduše, ali zar je ikada bolji bio?! Oko kućice vidje ispaljenu
zemlju sa dosta garišta svinjarskih vatrica. Bez sumnje tamo su se
svinjari i govedari dnevno sklanjali i pravili užinu. Potom ode pred
kućicu, otključa je i uđe unutra... Vidi i tamo sve isto, jednako.
Banak ognjišta, kao i prije okrban i napol porušen, postelja navlas
ista s previjenim starim - punim moljaca - kožuhom umjesto
uzglavlja, Sveto pismo pod tetivom, glineni bokal na stoliću. Tek je
sada više paučine po zidovima i više rupa po tlu. I grede, starinske,
stogodišnje grede - prije zagasitocrne, sad su nekako rudaste,
žutolike. Kao da nitko u te četiri godine nije prestupio prag - tako

bilo isto tako jednako.

Kad sve to obišao, sve to vidio, u Đuki se ustalio nekakav drag osjećaj, a osjetio se i čuvstven, bodar. Zatim je ispregao konje, pustio ih da pasu, a sâm legao pod jednu šljivu na onako vlažnu, vonjajuću zemlju, pa začeo disati brzo i glasno. Okrenuo se licem nebu i što je duže tako ležao i motrio to istom ozoreno nebo sa bijelim strikama istkanim kroz plavilo zraka - bilo mu je sve ugodnije, toplije i lakše. Kad se pak uskoro razletjele prve zrake velikog crvenog sunca i s njima se začele dizati orumenjele isparine s njiva i livada - usjeo mu na lica, na oči i na usne smijeh, a i umalo da se nije rasplakao. Ganuće nekakovo bujalo u njemu...

- Ah, ludorije! - Šta bi?... - otimalo mu se s usta. Otkrene se zato od neba i zagleđe pred sebe, uz prosiku. Ujedno oćuti i nuždu, potpunu nuždu jasnog i savjesnog mišljenja i rasuđivanja. - Ta upravo zato je i pobjegao odmah prvo jutro iz sela na taj stan, nerad sretati ljude, gledati im u oči, uzdisati iza žalobnijih poklika njihovih i odvraćati na njihova pitanja koja bi se u prvom redu svakako ticala njegova bivovanja u kaznioni. A ljudi bi onda govorili o njegovu ocu radi kojeg je tamo i dospio bio. Sigurno bi i naglašivali kako je ubrzo umro iza onog događaja, tj. kad ga je on, Đuka, ošinuo gvozdenim žarilom po glavi.

Eto, tako bi oni! A nesumnjivo je, i žalili bi ga oni, napućivali na bolji život. A on je htio baš tomu izbjeći. Nije ih volio, te svoje seljane, ama ni jednog jedinoga. Jer, kako bi on to mogao slušati, to gdje mu se govori otegnutim glasom i žmirkavim očima:

- E, Đuka, viruj, bog je to... to je on sudio... da... on odredio. Tako... tako... Svi mi, svi smo mi u njegovoj ruci - a ovamo ga se gleđe očima prezira, spominje se njegov čin s neke visine i kazuje se njegovo ime uz smiješak sažaljenja. A kasnije, u selu, ti isti pričaju.

- Lopov je on - domeće jedan.

- Ajduk! - kaže drugi.

- Dušmanin svoga roditelja, raspikuća itd. - veli treći, četvrti...

Da, takovi su oni! O, nisam ja - sudio Đuka o sebi - nisam uzalud proboravio četiri godine u kaznioni! Poznam ja njih: svoje seljane. Blatne duše!... Tamo sam naučio misliti i rasuđivati. Tamo sam i o njima mislio.

Zatim se opet preokrene i legne potrbuške... Na rubu šume, uz malu progalinu zarzalo nečije konjče, a njegovi se ozvali i prišli ogradi od prošća. Sunce se već umanjilo i zlatna sjajnost zbrisala krvavilo njegovo. Nedaleko, pri zavoju puta što vodi prosiki šume gdje se ispelo nešto jasenja, kupile se vrane i grakćući oblijetale visoko stabalje, skakutale po lisnatim granama i hotkale po masnoj zemlji. Lišće jasenja blistalo u lakom treperenju i sjalo da je milota. Kao da se po njem suho razasipa srebrenje. - A u njemu, u Đuki, bujalo osjećajima i čuvstvima, bujalo brzicom mutnih proljetnih voda...

- Kaki sam ja?... Kaki sam to... ah... kaki? - zamišljao on. - Trideset godina preživio, pa čemu, pa zašto?! Šta je bilo to sa mnom?!... Šta...
- Pa svašta je bilo... I bit će još! Tako je to... to, taj život. Četiri godine u kaznioni, u M.! Četiri godine! Ko zna - što je to: četiri godine!... Takove četiri godine! A prije, prije toga opet...

On se je sjećao...

II

Jasno se vidio dječarcem, djetetom, jedincem, »jedinkom«, kako ga otac Šima nazivao.

Imućstvo im bilo prilično. Dvadeset jutara što dobre masne zemlje - oranice, što visoke livadnine. Pa onda par konja, dva-tri govečeta i krave, desetak svinja. A duga - samo nešto, par forinti. A otac - Šima, krupan, crvenolik, ali lijen, gnjio, odan piću. Radio je samo toliko koliko je baš nužno bilo. A i to eno nije radio sâm. Naimao je nadničare, zamobivao komšije. Nedjeljama i svecima i kroz cijelu zimu išao danomice ili po selu na razgovore ili po birtijama na pijuckanja, a u doba poklada eno i kerio se. Pa i njega, svog »jedinka«, vodao sa sobom. I opijao ga, da je svijet sve zakretao glavom. A kako su se tek onda snebivali ljudi kad stari Šima pijan pijana »jedinka« podbada na psovke i mljaskajući jezikom govori:

- Eto, što je moj jedinak!... Taj zna - ko veliki!... Pametnjak je on!...
Pa tek kad ga, onamo o pokladama, s cigarom u zubima, uz svirku ciganskih egeda, šapćući nagovara da razbija čaše...

- Udri to staklo!... Udri!... Ti si Šimin sin! Ti si Šimin, Šime Begovićâ, jedinak si ti!... Pokaži šta Šimin sin može. Ima Šima novaca... Ne sidi on ko kvočka na njima. Nisu oni njegov gospodar već on njihov!... Šta novci - novci nisu ništa!

I onda kad još segne u džep pa samo razbaci forinte među lakome Cigane! A kad priđu pokladnomu kolu, uhvati on svog »jedinka« za ruku pa zaigra s njime onako iza kola. I zapjeva... I uzme ga upućivati da štiplje cure i snaše...

- Ded ovu, Đuka, ovu garavu... amen joj njen... Ded, de, uvati je... krst je utuko!

A Đuka odmah posegne rukom i kud zahvati - uštine. Ili za rebra, ili za kukove, ili ispod njih, ili za prsa, ili - niže... A Šima se sve topi u veselju i odobrava. Drago mu... Svijet - kako tko. Neki se smiju tomu, neki osuđuju i pobožno prevraćaju očima, a nekima opet sasma svejedno.

Kad je Đuka odrastao za školu, pošao je u nju i išao jedva godinu dana. Dvoje ga prasaca izvadilo iz nje. Šima je to obrazložio ovako:

- Što će sin Šime Begovića u školi! Da žulja kosti?... To može na stolcu i kod kuće. Neće on nikad biti ničiji sluga, već svoj gazda, pa šta će onda - njemu, jedinku Šime Begovića - škola?!... A i drukče! - Ja nisam vidio škole, pa zar nisam zato čoek, pametan čoek. I većnik sam općinski.

Đuki je opet govorio:

- Sigraj se ti... Skači, trčkaj, vozi se sa slugom, kočijáši... Eto... to je bolje.

I vodio ga eno svecima i nedjeljama još i u crkvu, u prvu klupu slijeva, u kojoj, po njegovu, bilo njegovo mjesto, jer on je po imućstvu i općinskom vijećništvu svakako među prvima u selu. Pri ulazu i izlazu lijeno je zamakao ruku u škropionicu, škropio njega i sebe svetom vodom, turao mu krajcare u ruke i dizao ga da ih spusti u lemozinjak kod kipa sv. Đure i napućivao ozbiljna lica da poljubi hladno kameno podnožje kipa. Iza tog izvodio ga pred crkvu gdje su seljani pod lipama u skupinama raspravljali događaje i izjavljivali svoje misli. S njim bi prilazio svagda onoj skupini u kojoj bi se nalazio gospodin načelnik, općinski vijećnici i drugi ugledniji seljani. Kad se pojavio župnik, pokašljavao je, prinosio ruku nosu, dobrostivo se smiješio, tiskao Đuku pred popa, komkao ga prstom u rebra, namrkavao se, očima govorio: »No, de, makni se!« i Đuka je već znao, da mu je »gospodina našeg paroka« poljubiti u ruku. Ovako malenom još Đuki dao je vunicom vesti gaćice, kupovao mu zelene čarape i opančiće od žute kože ili od crne, ali sa šljokama. Kape mu pak kupovao u gradu, u »varoši«, u velikim trgovinama, i to onakve kakove nose gospodski sinovi. Vodao ga i po vašarima. Pod mehanama pio s njim pivo, jeo pečenje, prčevinu i žemičke i davao si zasvirati koju mračnu tešku pjesmu. A kad bi gajdaš ili Cigo došao s kapom ili tanjirom po nagradu, turao je novce Đuki u šaku i upućivao ga nekim suhim glasom:

- Ded... meti... meti tom adrapovcu, da može živit!

Potom bi ga vodio po cirkusima i »panoramama« vašarskim i govorio:

- Eh, nek moj jedinak i te »komendije« vidi!

Dalje mu kupovao igračke, mjedeno prstenje, lance, ure i medenjake.

I - tako je to išlo sve dok nije on, Đuka, dorastao kolu i divanu. A onda?... Lijegao je o ponoći, dizao se okasno, prigledao sluzi što radi, pitao se sluginim naukama: kako treba s curama postupati, kako ih zamamljivati i drugim praktičnim stvarima te vrsti. Potom je polazio ručku pri kojem je dnevice s ocem pio šljivovicu ili komovicu. Zatim se odvezao kuda sa slugom, na koju njivu ili na stan, i tamo obično spavao kao i sluga. Drugda opet odilazio među svinjare i govedare, jeo s njima prženu slaninu, igrao pastirske

igre, krao voće i kukuruze i učio se prostaštvu i besramnosti u misli i izražaju i pohlepno pamtio improvizovane svinjarske psovke. Trovao je i maštu najsmjelijim bludnim predodžbama...
Kad bi došlo doba velikih ljetnih poslova: košnje, žetve, svažanja i vršidbe, ponešto je i poradio. Ali i taj rad išao je samo dotle dokle je u njega bilo za nj volje. Ali nje, te volje, bilo je vrlo malo. Otac ga nije silio. Pače! Priučio ga na to. I kad bi se kadikad Đuka s najvećim zanimanjem i dobrom voljom zadao u kakov posao i znoj mu pocurio, zabrinuo bi se Šima...

- Nije sile! - govorio mu - Okani... pusti... Ima Šima novaca za nadničare, pa čemu da se ti mučiš... Poživit ćeš... ohoj! i naradit ćeš se. I nemoj dok ne moraš!

Tako ga odvraćao od posla.

Majka pak njegova umrla još za njegove pete godine i jedva se nje sjećao. Doduše, njegov otac nije bio bez žena. I još malen, pojmio je Đuka dosta toga u njihovu kućnom životu. I naučio se bio već iz te dobi da gleđe uz oca uvijek po ženu koja vodi kućne poslove, šije, krpa. Pače i u njegovoj petnaestoj godini i dalje nije mu bilo zazorno ponašanje očevo i dnevno gledanje svega što se bez obzira na nj i bez sustezanja i stida odigravalo između takove žene i njegova oca. A tih žena bilo je puno... On, Đuka, sjećao se da ih je otac izmijenio kakovih devet ili deset. I sve su bile krupne, širokih bokova, crvena lica i gegale se u hodu. I sve su se odijevale na polugradsku, ogrtale u vunene marame, nosile cipele ili šljokane opanke, kao cure. I sve su voljele jesti i piti i uopće gostiti se. Sve su umjele dobro kuhati i podučavale su drugu žensku čeljad iz komšiluka u tome. One su naučile i oca Šimu i Đuku na crnu kavu jutrom, pa su je svi svednevice i pili. Sve one išle su zajedno s njim i s ocem po birtijama. Isto su se i opijale kao i njih dvojica. I posrtale su tako; marame im padale s glave, kosa se razbarikavala, jezik popeskavao, kao slomljen. I sramotne su govorile riječi, gadne psovale psovke. A među njima i njegovim ocem bivalo je i svakakovih prizora...

Tako jednom, o njegovoj petnaestoj godini o pokladama, kad su došli napiti kući - pijan se otac uvalio u postelju kraj pijane takove žene i ona se morala tamo razmiljavati i svašta je bilo... A otac Šima još i pregrizavajući govorio s kreveta:

- Samo budi taki... bećar ko ja-a... Zna-aćeš da si živio! Da-a!«...

Đuka je slušao, slušao i pojmio sve do u najsitnije tančine. Ta, u to doba već se svršavala njegova petnaesta godina rođenja, a prva njegova danomičnog potucanja sa svinjarima i šalabazanja svenoćnoga po sokacima te boravljenja u kolu i na divanu. I curu je već imao kojoj je kupovao slatke kolače, koju je pratio od kola do avlijskih vrata, ali koju je i cjelivao i milovao i drpao - - A tamo sa svinjarima i u kolu s momcima o čemu se i govorilo nego o ženama i curama i o svemu u njih i s njima što stvara zamamu, razbujava maštu i draž, potpiruje i pali nagon.

Od te pokladne noći došao mu otac Šima posve drugojačiji. Prije toga bilo u njega za nj dječjeg počitanja, bilo i privrženosti, a vidio ga dotada i savršenijim, višim od sebe. Tim pak danom to se i nehotice prelomilo. Otac mu došao gotovo kao i svaki drugi čovjek u selu s jedinom razlikom što je na ovoga - na oca - navikao, a na druge ne. I promijenio je ponašanje prema ženi svoga oca. On je u njoj vidio sad samo jednostavnu sluškinju kojoj i on ima pravo zapovijedati, a onda i stvor koji nije ni za šta drugo osim za ono što je one pokladske noći čuo i vidio. To mišljenje o ženi u kući proširio je za neko vrijeme na ženstvo uopće. I u svakoj curi i ženi gledao je tek stvorenja koja su svojim spolom stvorena jedino za muškaračke užitke. U tim danima ustalila se u njega i težnja samostalnosti, oslanjanja na sama sebe. I česti dugi razgovori koje je dotada dnevno s ocem vodio, napoprijeko se prekinuli. Da može noću dolaziti neopažen i da uopće o njegovu noćnom izbivanju nitko ne vodi računa - smjestio je svoj krevet uz slugin u štalu. Otac se tome nije protivio. On je pokazivao da sve to shvaća. I najviše što mu je kazao, bilo je:

- Samo se pazi!... Čuvaj se! Znam ja kako je u tim godinama. I sâm sam bio taki. Mlad si, živi veselo. Ali, znaš, nemoj da mi spaneš na ma koga, na ma kakove... drolje! Da!...

I drugo ništa. Samo kad bi Đuka uziskao svetkom i nedjeljom novaca, on bi muče dao, ali mjerio ga nekako sumnjivo od glave do pete.

I to je išlo tako... Trošio otac, trošio on. Ne radio otac, ne radio on. Dug se gomilao. Došla i njegova, Đukina, devetnaesta godina i vrijeme ženidbe. Oženio neku curu koju su mu tetke i strine i druge babe nahvalile. Bila je sitna, malena, mlada. I tiha, mirna je bila. Uvijek je šutjela, na psovke nije odgovarala, i što god se Đuki ushtjelo, vršila je bez prigovora. Ipak mu omrznula već nakon dva-tri mjeseca. On je htio ženu snažnu, živu, ženu strasti i žudnje, ženu krvi neobuzdane, a ona je bila upravo bolesno tiha, bolesno mrtva i bestrasna. Supijan znao joj zato mnogo puta govoriti:

- Grli me, gnjavi, grizi... Vidiš kako ja tebe... tako...

Onda bi je razodijevao, razmrsivao joj kose i nju, nagu, dizao kao pero, prenosio kao slamku i grizao njeno bijelo meso, zubima je grizao, i na njene bolne povike muklo sašaptivao:

- Boli te, a?... Volim te - zato sam taki... Taka je i krv ova... moja... Eto daj i ti mene: grebi me, grizi, gnjavi, bodi... Bodi!...

I mučio - neobuzdan i nezasitljiv - mučio je nju, svoju Marijicu, tako supijan cijele noći te se nije ni u san zavesti mogla.

- Đuko... pusti... pusti me već... molim te... Pusti, oj, de, pusti... željo.... - molila bi ona.

- Šta-a? - bunio se on. - Ti me ne trpiš, ne voliš... zato si taka... Je l'?...

- Nisam zato... ne... Volim te.

- Lažeš!

- Ne, Đuko, Isusa mi.

- Lažeš!

- Slaba sam, vidiš...

- Lažeš... lažeš! - bjesnio bi on, i kad bi njegovi zubi zagrizli u njeno nježno meko meso sitnih bijelih grudi i ona jauknula - podivljao bi... Gnjeo bi je, tukao, grizao dalje... I već tren po tom ljubio joj usne, one iste grudi, ono isto tijelo i šaptao: »oprosti«.

Sad, u sjećanju na nju, svoju pokojnu Marijicu, bilo mu teško. Duboko je uzdahnuo i pomislio u pokajničkom čuvstvu:

- Dobra je bila!... Golublja krv! Duša! Al ja... ja?...

Okolo se već rastirao sjajan dan sjajna ljeta. Isparine se rasplinule, po poljanama zašumilo tihim šumom prelesti i puna života. Nisko nad zemljom vonjalo mirisom trava i dozrenja. S nedaleke kamene ceste što vodi u Županju, zvrndala kola, od livada udarao mutan jecav kleptaj, pucale kandžije, dopirali zvuci svinjarskog i govedarskog pognivanja i dizala se nasmijanom plavilu nebesa žudna pjesma o šljiviku, stazama, diki i prsima njenim.

A Đuka se sjećao dalje...

III

A... onda... ona, ona... Huj! - sjeknulo u njemu. Sjetio se još jedne žene. Birtašice se sjetio.

Marijica njemu omrzla jer nije bila njegove naravi, jer nije bila plamena, strasna, neobuzdana, razmetljiva, nego hladna, blaga i spokojna. Pa tek onda kad je zanijela pa se izobličila, ogrdila i, ne znajući zašto, dnevice poplakivala. Nu, onda je eno baš doselila birtašica u selo. A on začeo visiti od jutra do mraka kod nje u birtiji, pa i noću do same zore. Bio tko ne bio - Đuka je tamo. I dnevice se uzeo opijati i kartati s njenim mužem - birtašem. A i otac Šima, eno i on uzeo zalaziti tamo. Đuka je odmah pogodio što oca tamo vodi. Pogodio je da zalazi radi birtašice kao i on. Tako to pođe, a za mjesec dana, šta li, birtašica posta Đukinom. Đuka je najprvo dobro upoznao, a po tom se nije dugo mazio oko birtašice nego joj tek rekao jednom u noći:

- Čuj, u meni sve štrepi za tobom, znaš...

- Zar?! - šapnula ona i pogladila ga po licu.

- Kako li ću se s tobom naći, a? - pitao i dodao onda glede muža njezina, birtaša:

- Šta s njim?

- Lako za nj! - odvratila birtašica i da to dokaže, povukla Đuku u svoju sobu, a kasnije... kasnije mu i pred mužem sjedala na krilo, gladila ga po kosi, milovala po obrazima, šaptala koješta i grohotala razuzdano. I na muževe oči odilazila s Đukom u svoju sobu otkud ga istom jutrom ispuštala. Ludovala je za njim krupnim i crnomanjastim kao i ona, s istim strastima, neobuzdanošću i mamenošću, kao u nje. Birtaš, postaran čovjek, kao da to ni zapazio nije. On je samo šutio i muzao od Đuke na kartama novac. Marijica bila podjednaka i hvalila bogu što miruje, tek stari Šima grizao, mrčio i zavidio:

- Eto, tako je to! - govorio on ljudima u selu - ti ga stvori, ti ga otrani, ti - nazuj i obuj, pol života podaj na njega i za njega, i ugodi mu i ugađaj, kad odraste, on oca u rebra - mjesto kruva - kamena.

Nego, onda je došlo vojništvo. Đuku zavojačili i morao je otići. I otišao je i odslužio tri godine. Otac ga htio izvaditi i išao liječnicima da mu izdadu svjedodžbu da nije zdrav, da ne može sam toliku zemlju obrađivati, al njemu još crvenu i japarnu ne ushtje nitko toga učiniti.

Marijica, nedugo po Đukinu odlasku u vojništvo, porodila kćerku,

Smilju, i godinu dana po tom umrla.

Kad se Đuka vrnuo s vojačije, otac njegov već nije držao žene u kući kako dotada; malu Smilju predao rodbini, a sam svednevice boravio u birtiji i grijao svoje šezdesetogodišnje kosti u vrelu ali i skupu zagrljaju strasne ljubovce svog rođenog sina jedinka - birtašice. Zato se njih dvojica odmah prvi dan žestoko sukobili i obračunali odmah jedan sa sinovstvom, drugi s očinstvom i uspizmili se, zamrzili. - Đuka je pronašao da je otac u »švaleranju« s birtašicom spiskao oko osam stotina forinti. I iskra razdora, nesreće i rasula bila je bačena. Život među njima dvojicom nije bio do režanje, grdnja, psovke, mračnost, kletve i prkos. Svaki je pošao jednim putem nerada i lijenosti, opijanja i razmetanja. Šima je opet skupio na sokaku nekakovu ženu, što zna piti i jesti, i uveo je u kuću da se brine za nj i za Smilju koju je doveo od rođaka. Đuka pak i opet danovao i noćivao kod birtašice.
  To je bilo za kasne jeseni, a već tamo po Đurđevu došlo je ono što je prevrnulo tok njegova života, a i iskinulo komadić, komad iz njega. Šima se jednog dana opio, uhvatio nekakova Švabu i otišao s njim bilježniku da mu proda komad zemlje. Đuka dočuo za to, uskipio, poletio za njima i baš kad su potpisivali ugovor, upao u bilježnikovu sobu, razderao ugovor i zaprijetio ocu da mu ne ide već pred oči...
  - Kad te vidim - zeleno mi pred očima. Protegnut ćeš se!
  - Oću... još nešta! Slab si, sine!...
  - Dobro... dobro!...
  - Neš, ne!... - junačio se otac Šima.
  Iste večeri dođe otac Šima pripit kući, pa po Đuki. Stao ga zajedati, peckati, kleti i konačno prijetiti se da će ga protjerati iz svoje kuće.
  - To je moja kuća, moja rođena. A ti?... Marš!... Žandare ću dovesti da te protjeraju! - uzvikivao onda Šima.
  - Ti mene... ti... - kiptilo u Đuki. - Znaj, prije ću te sa zemljom sastaviti!
  - Pa de... de... evo ti, na... evo ćelave glave moje! Za to li sam te na dlanu nosao, a?
  - Evo udri... jedinko... sine - udri!
  I stao Đuki prilaziti sve bliže i bliže i podmetati mu nadohvat svoju ćelavu glavu. To je bilo u kuhinji do ognjišta. U Đuku zasjelo nešto okrutno i nemilosrdno, pakosno i kivno, upravo na onu ćelavu lubanju kivno, pa uzdrhtao sav i oči mu se zakrvavile.
  - Udri! Ne bio sin Šime Begovića!... Kukavico! - rekao si, pa sad

udri!... Na... na... evo - uscičao se Šima piskutljivo i podmetao golu glavu još bliže.

Đuki drhtale već i usnice od razdraženosti.

- Bež'! - govorio.
- Udri, kukavni sine... Sram te bilo!... Zaš' ne udariš, a? - vraćao Šima.
- Bež'!
- Neću!
- Čuj!
- Neću!
- Kažem ti...
- Pa?
- Uh!...
- Kukavi...

Đuki se zacrnilo pred očima... Polako je bio ispružio ruku prema ognjištu, uhvatio gvozdeno žarilo, podigao ga, svom silom pustio i - prekinuo ocu riječ na usnama.

Žutkasta ćela sijeda starca samo se muklo ozvala i oblila usirenom crnom krvi....

- Eto... ti! - šapnuo Đuka, zateturao i odvukao se u birtiju, a Šima najprvo poklekao, a onda se muče složio do banka...

I sve do suda nije se Đuka vraćao kući nego je cijele dane i noći provodio što u birtiji, što u ovoj koljebici na stanu, među šljivama, na livadama, u šumi, u Hajki.

IV

Sve to tiskalo se njegovim, Đukinim mozgom... Sto i sta slikâ!... Nekoje je vidio jasnije, nekojima jedva razabirao i poimao mutnu taložnu sadržinu.

- A onda - četiri godine! - otelo mu se potom.
- A tražio je... tio je... kazo je: udri!... Grizo me!... I na sudu je tako kazo!... I oni onda ipak na četiri me godine osudili... Eto, gdi je duša u njih bila!... I nemaju duše... Nego, da nemaju... Ni srca ni duše. I niko nema duše. Ja? I ja, i ja nemam!...

I sjećanje teklo dalje...

- Eno onaj... onaj puponja tamničarski! Mrk ko đavo. Kako li nas je taj ispatio!

I on se sjeti svih patnja što ih je prouzrokovao taj pupasti tamničar. U ušima je čuo njegov soptavi bas:

- Drž'!... Upni se... mamino ti mlijeko!...
- Ali to nije ništa!... Drugo je ubijalo! - I u njegovim mislima uze se raspredati to drugo... Eno, kad dođe s posla - mislio on - pa se pruži na tvrdo noćište, u teškim je mislima. U mislima o kući, o ljudima koji slobodno hodaju, slobodno govore, o nebu, o poljima... A ovamo smrdljiv zrak, tjeskoba, nekakova razdražljivost u čovjeku; iz jednog kuta opet duboki disaj; iz drugog kletva; iz trećeg uzdisaji; iz četvrtoga prezirnim mirom pričani zločini. To je bila smrt!... I onda svagda jednako, uvijek isto!... Razvičeš li se i raspripovijedaš - zahtijevaju mir, ušuti li čovjek, zahtijevaju razgovor - da čuju da je čovjek tu, da nije pobjegao, usmrtio se. A na sokacima!... Ono je tek! Ide se na posao... ide dvadesetak... pa kao čorda. Okolo stražari s puškama. Svijet pri susretu gleđe ili sažalno ili prezirno. A to je posve svejedno. Boli jedno kako drugo. A djeca? Još se i rugaju. »Robijaši!« »Robijaši!«... U čovjeka žuč raste, svakim minutom raste... I iza godinu dana vrijeđa čovjeka ne samo tamničareva riječ, ne samo smijeh djece, nego i hod stražara, micaj ruke tamničareve, njegova odjeća, svaka žigica koju on zapali. Vrijeđa ono oruđe kojim robijaši rade, oni prozori pisarne ravnateljstva koji se na svakidašnjim večernjim šetnjama vidjeti dadu, baš kao što vrijeđaju i sunce i mjesec i zvijezde i svaka životinjica. I jelo koje robijaš jede, i okus njegov uvreda je za nj!... A noću samo polusan i jedva se čeka da ozori i prosine sunce. Misli se: bit će lakše! A čim se iz smrada poispodižu i pritjeraju na kakav posao da se znoje i pate, svi žale noć i žudno žele da se spusti

nijema i crna, spokojna i mrtva.

- Lakše je noću! - pomišlja se danju. A kad se opet unoća, opet težina, opet muke. I tako - svednevice.

A misli? One tek! I kod najglupljeg su oštre ko rt noža. Kadikad sjedne koja u mozak pa kopa, kuje, pili, grize, a ne da se smetnuti i zabaciti. Pa kakove budu to misli tek!... Pogotovo u njega, u Đuke!... Sjeća se on!... Sad je mislio o ženi i o djetetu, o njihovu životarenju ili o onom što je danas jeo, i tren zatim već misli o raspukloj lubanji svog oca, o pupku tamničarevu, o šiljatoj bradi nadzornikovoj, o žutom zastoru na prozoru ravnateljeve pisarne, o vjerojatnosti i nevjerojatnosti opstojnosti boga i pravde i najednom - koliko nogu ima stjenica. Hip kasnije već se zanosi u razmišljanje: zašto sunce, zašto mjesec, nebo, zvijezde?... Otkud to, kako to?... Pita se i zašto život, čemu je?... Šta je to pravda, poštenje i tko je taj koji je pošten?... I ne ispita se, a već mu se pred očima - kao u groznici - stvori strašna i čudesna slika, lica plačna i tužna, kljakava i slijepa!... Vidi - plešu!... I gajdaš svira! Njihov seoski gajdaš!... Pleše i sam!... Najednom upoznaje ta lica. Eno, ona tamo sitna ženica uz njega, razdrta oplećka, krvavih, pregrizenih dojki - to je Marijica, žena. S druge strane eno debele, crvene i strasne tjelesine, nage kao od majke rođene. - Smije se proračunano, lopovski, trgovački. To je birtašica! Prijeko eno usirenom krvi oblivene žute ćele oca Šime, s polićem rakije u jednoj, a s lulom u drugoj ruci i čuje se gdje govori:

- Ded uštini ovu... ovu... molitvu joj njenu, zamet... ded, Đuka, de...!

Do oca Šime eto njegovih pet-šest ljubovca. Sve su na polugradsku obučene, gadne, lakome, razbludne. Kraj jedne pleše općinski načelnik i ljubi joj crvenom bojom namazano lice, kraj druge se uhvatio seoski čordaš i besramno šapće. Eno nedaleko i suca koji ga sudio, s naočalima je i s dugačkim noktom na malom prstu desne ruke, i čuje se gdje igrajući podrugljivo popijeva:

- A zašto si ga udario? A? Otac ti je!

Otac?... U taj tren već se u glavi rađa sumnja o sinovstvu. - A jesam li ja baš njegov sin? - pada mu na um. Tko zna! Ta eno kakove su u nas žene! Pet sinova - pet otaca!

Misli proslijede, a kolo se rastepe i od svega onoga u tren - ništa. Opet se vraća uznička soba i grozničavost, a glava teška, olovnata. O nosnice bije smrad, iz kuta zaziva netko, ište posluh, pripovijeda se nešto, niže stegna plazi nešto...

- Stjenica je... ona je... - pomišlja se i seže rukom kroz gaćavicu. A tamo iz kuta prodire mutan ušaptan glas, čuje se pričanje povijesti jedne prošlosti. Onda opet slazi nad sobu mir i polusan i prije negoli se usne - zori zora. Dan...

To je tek jedan dan, vrijeme od nekoliko sati. A gdje je godina, pa dvije... tri... četiri! Tisuća dana i tisuća takovih noći!... Proživi se puno, odviše.

Kad Đuka u mislima sve to prošao, bio dan u punom jeku. Sunce palilo i žeglo, miris trava jenjao, po nebu se pojavili sitni pahuljasti oblačići snježna veziva. Iz šume, iz Hajke, u stostrukoj se jeki ozivali udari sjekire, tamo na kraju prosike ukazala se velika, pomična i dugoljasta crna pjega. To su kola i konji. Na onoj bari, ritini trske i site do stana, bilo mrtvo, a oko ovisoka jasenja i na masnoj ravnoj zemlji nije bilo vidjeti niti jedne vrane. Samo tamo slijeva čuo se dug, jednoličan huk koji je oštro rezao zrak. To je bio vlak. Pastiri gonili blago svi u jednom pravcu - potoku. Micali se lijeno i šutke, čisto bez misli na hod i smjer, nesvjesno podani uplivu ovakova sjajna sunca i ovakove vedrine. A i bio je to dan! Bio je dan u koji srce lako dršće, dah se žudan ojačava, oko širom otvoreno i bistro žedno pije i neumorno roni u sve: u svaku travku, grudicu, busen, brazdu, batvo.

Đuka toga dakako nije ćutio. Njega su sveudilj oblijetale misli, nadavala se pitanja:

- Što li ću ja? Kako ću ja to? Kako da živim? A kako uopće treba živiti? Za koga to treba živiti? Za samog sebe? Za druge? - i tako dalje. Samo se pitao i pitao.

Odgovoriti nije znao.

- A znat se mora, nešto se mora znati! Eto - to, kako je dosada bilo! - Oćutio je da bi bila ludost vratiti se na ono i onakovo kakovim je u svojoj prošlosti živio. To je znao. I ništa više. A on je htio više, mnogo više. Zato se upirao da sabere sebe, svoju nutrinu, svoj razum, krv, srce, pa da si stvori, misaono izgradi put budućnosti - sliku života. Ali što je više nastojao, to je bivao sve nesabraniji i razdražljiviji.

- Eto. Ne moš sebe jednoga skupiti, a otkud onda složiti čovjeka s čovjekom, desetoricu s desetoricom? Ili stotine njih, hiljade. A to se hoće, to se traži. - Potom je segnuo rukom pod uzglavlje da izvuče torbu. Nije išlo. Zato se ispravi, dosegne torbu, otvori i uzme da pregrize. U trenu bio oćutio glad. Ali čim je prinesao ustima parče nažute presušene slanine i kruha i zažvakao, već je i ispljunuo.

- Puj! - bljutavo, gadno...

Nije mogao jesti. Pospremi torbu, ovjesi je prekoramice i zagleda se nekako tupo niz onu dugu prosiku šume, Hajke, što se pružala pred njim tiha i mirna, ispunjena pokojem i sjena ma, sa sjajnim plavilom u pozadini, sa blistavim šarama na rubovima.

- Prosika?... - zamisli se.

- Ej, kako sam kroz nju nekad! - ushiti se. - Šta, a sad?... Zašto ne i sad? Tko mi šta može, tko? - priupita.

Digne se. Bez ikakova razmišljanja pobrza konjima, otputa ih, povuče kolima i zapregne. Zatim skoči u kola i potjera konje preko šljivika, žita, ječma. Nije mario što tim gazi tuđe plodine, žuljeve tuđih ruku. Mislio je samo gdje je osjetljivije mjesto na konjima da ih tamo ošine kandžijom. Isto tako natjera ih na baru punu mulja, trske i šaša, zatim preko šamca. Zapravo on nije ni vidio onaj mulj i onaj šamac. On je vidio samo ravnu dugu prosiku i tuda da je najkraći put do nje.

Kad je ušao u nju i njene guste prekrile ga sjene i oči mu utonule među dostojanstveno izbočene hrastove kroz čije lišće na bezbroj mjesta trepće bljeskav svjetlucaj i kad je još onaj spokojan melodičan šuštaj takao njegov sluh - malko se trgao i kao predao se tome. Uspavljivalo ga... I konji se samo korak po korak micali. Ali zakratko se u njega probudilo ono njegovo staro čuvstvo.

- Šta je to! - začudi se, pritegne uzde, i vikne na konje. Konji polete... Šuma se ispuni jakim šumom, drndom kola i naglim, nejednakim toptanjem konjskim, a on se uspravi u kolima, raskreči i, nekuda u zrak odmahnuv rukom, cikne što je igda mogao. Cik sune među hrašće i otisne se kroza nj kao poplašeno zvijere. Tamo negdje u dubokoj šumi istom susta muklo grakćući i kao da umire. Ali već se za trenut ču, vraća se stostruko ciktaviji snagom vjetra i sve se odbija od hrasta do hrasta. Konji, splašeni cikom, jurili su svom svojom moći, kola su se samo zanosila, sad lijevo, sad desno, odskakivala od tvrdih gruda, a on, Đuka, tresao se onako raskrenut u kolima i lice mu se izobličilo nekud u pijano i opojeno, oči se mutile, a usne blijedjele. I prije nego se prvi cik i njegova jeka izgubili i zamrli rastrojeni, već je Đuka iznovice ciknuo na jednu i drugu stranu šume.

- Haj... haj... Molitvu vam konjsku, haj...! - otkinulo se od njegovih grudi silovito i neobuzdano, tako da mu i lice podsjela krv a oči se zasuzile. Cik i opet pojurio među visoko ponosno hrašće ponosne slavonske šume, pojurio krikom i zanosom prekipjele krvi i burnom provalom uzapćene i sputane duše koja kao da je taj tren raskinula puto pa cikće u slavu svoje slobode, ohola s umišljene moći, gorda s precijenjene snage, pijana s obmane ove.

Đuka je ciktao i daje, konji su jurili bješnje, šuma ječala i grmjela silnije i vraćala ciktaj u stostruko ciktavijim tonovima. Po njegovu mrkom licu uzamance se ispoljivao i pretrzavao smiješak kraljevskoga gotovo ponosa i vlažilo mu se usvjetljano oko suzom užitka.

Ipak pojavila se i jedna sjena na njemu...

- Ej, uvik-vikom da je tako - šaputao. To se u njemu probudila misao koja je predviđala brzi konac tomu letu. A on bi htio letjeti, letjeti tako uludo i dan i dva i deset i godinu dana i sto i više... Konji su u to sve manje grabili, soptaj im bio sve jači i mučniji, pjena po njima sve gušća i bjelja. I para već iz njihovih se dizala tjelesa. Đuka je međutim legao u kola i uzeo trzati uzdama, da razjari i razbjesni konje. Ali konji uza sve to - posve smalaksali - jedva domakoše do kraja prosiki. Tamo su stali. U njemu uskuhala žuč...

- Što nećete dalje, a? Molitvu vam, a? - vikao on na njih, pognivao ih iznova, trzao uzdama, šibao bičem. Uzalud. Zato siđe s kola, otkopča lijevču sa njih i uzme njome udarati po konjima. Konji vrištali, cviljeli malone ljudskim cvilom, propinjali se, nakretali lijevo i desno, ali naprijed ne htjedoše. A on nije prestajao. Udarao je i dalje. Konačno konji posve smalaksali, stadoše poklecavati i stenjati i ljevak se ispruži po tlu, zacvilio, upravo zaplakao. Iščvorugano tijelo isteglo se kao u mrtva, vrat se iskrenuo, jezik oplazio. Đuka se strese, odbaci lijevču i klone u tren do konja. Volio je on njih, te svoje konje, možda više nego ikoga na svijetu. Koliko li je puta samo njegova Marijica dobila batina za njih. On dođe otkudagod iz sela ili iz birtije u noći i prvo mu Marijicu razbuditi.

- Jes' bila kod konja? Jesi l' metila prid njih u jasle, a?

- Jesam... da... nego...

- Lažeš... vidio sam...

- Zaboravila sam.....

- Zaboravila, šta? Zaboravila na njih, a jesi l' ti jela? Jesi. Viš! - i bez ijedne druge riječi udari je šakom u rebra, pljusne po obrazima. I jaukne li - onda je tek izgnjavi i istuče. Zato sad kad mu se skobio pogled sa onim njegova ljevaka, zavezla se suza u njegovu oku. Ono krupno konjsko oko gledalo ga prijekorno i bolno i njegove se ruke i nehotice ispružile i ovile oko grivastog konjskog vrata. I uspričao konju...

- Dobro moj... dorate, novi sersam kupit ću ti, imena mi - a dorat se skupljao, postenjavao i gledao svojim krupnim okom sve blaže i vedrije. A kad je rznuo, Đuka se odmakao i konj se podigao.

- Šta sam imô otuda? - šaptao on sebi i penjao se u kola. - Lud li sam ti ja. Teraj konje do crkanja, a zašto?

I snuždi se zatim, obrne konje i pusti ih da korakom uprave natrag... Konačno sklopi vjeđe. Uzdišući na mahove, zaveze se i opet u misli o prošlosti, životu, seljanima itd. Na trenut koju svratila mu se misao i na let kroz prosiku. Drag mu je bio taj let, strašću je u njemu gorjelo za njim i sad, ali odmah se u pomisli na patnju konja odbio od toga i uronio u drugo.

Trgao se tekar kad konji stadoše. Iznenadilo ga. Bio pred kućom, pred kapijom. Svijet, naročito ženska čeljad, provirivala do pô tijela iz prozora i motrila njega. I dovikivala si štošta o njemu. Čim je to promatranje opazio, trgao se, promrmljao nekakovu kletvu, skočio s kola, otvorio kapiju, uveo konje, ispregao ih, nahranio i napojio i onda se spustio, vas u trudu i umoru nekom, u štagalj na slamu. I zaspao.

V

Bježati ljude - bila je namisao Đuke Begovića. Držao se nje kakovih pet-šest dana. K njemu nije dolazio nitko. On nije išao nikuda, izim ponekad u dućan iz nužde i potrebe. Izgledalo je kao da su se zaratili on i selo. U birtiju nije zalazio. Nije pomišljao na piće. Kako je bio sam u kući, sam je i kuhao. I, što kuha, to po lončinu zastavi. I pregrijava i pogrijava, te mu traje po dva dana. Mjesto kruha mijesio si i pekao pogače-pepeljare. Brašna je bilo starog u komori dosta. Osama mu bila teška. Ali uz svu težinu i neprijatnost tvrdokorno je ostajao u njoj i da zaboravi na nju, davao se u poslove cio kako nikad. Činilo se, oduševio se... Tako je znao sate i sate makljom izdjeljavati žbice za točkove, praviti stolčiće, držala za motike i grablje, za budak. Jednom pod pecarom zastavio bio veliki kotao s vodom i njom vrelom ispario i izaprao rasušenu burad i par kacâ. Jedared opet - ne znajući zašto baš - izvadio bio iz dolapka izblijedjelu tintu i sat-dva najvećim trudom nacrtavao slova, što pak dotada nije ni pomišljao poduzeti. Zadan u posao, kadikad je popijevao u sumornoj niskoj noti. Inače je bez prekida bio mrk i pogružen, pun nekakove zataje, blijed u licu i nesabran. Kad nije ništa radio, ležao je ispružen poleđice ili postrance po krevetu u štali i mislio o svemu i ni o čemu.

Peti-šesti dan nekako, kad on zasjeo na banak pa na ognjištu pogrijavao preostalu večeru, pojavi se na kuhinjskim vratima sitna pogurena starica bab-Mara.

- Falj'n Is', Đuko! - pozdravi ga.

- Uvik faljen! - promrmlja on i namrkne se. - Šta će ta daljnja rođača kod mene - mislio. Ali se odmah sjetio i Smilje, svoje kćeri. Ona je kod nje u kući, pa svakako došla glede nje. I kriv se osjetio Đuka pred sobom. Toliko je kod kuće, a da bi samo pomislio bio na Smilju!

- Došao si, a? - rekne starica, očito ne znajući kako bi drugačije započela.

- Da.

- Teško bilo?

- Teško.

- Proživio si puno, e, e, a sad? Drugače š' morat, râno moja, drugače... A Smilja -

- Šta je š njom?

- Izrasla - boga ne vidio. Cura je to. I vridna je. Lipo dite. Došla sam

- otac si. Šta misliš? Oću l' je dovesti tebi, neću li, oću li, čula bi. Ti nju ne trebaš. Nije li? - A mi nju trebamo. Tebi ne može ni skuvat, ne može ti ni oprat, ni pokrpat - e pa šta bi ti onda?! Mi smo nju lipo udadiljili. Ljulja ta moje unuče. Odivamo je, ranimo. I zemlju tvoju, znaš, tili smo dati orati i zasijati, al Marka moj govorio: ljutio bi se, veli, Đuka, ti, i svašta bi on... pa šta da diramo u njegovo.

- Mogli ste. Pusta je ležala...

- Jest, dok je nije općina dala orati za porez tvoj... Eto, viš, da smo odma znali - mogli smo... Nego, vidim, vidim - prominio si se. E da, patnja nauči! Al, šta da kažem, uvik je dobra duša bila u tebi, znaj. Samo tako, znaš, otac tvoj, on je bio - ajdučina je bio od pamtivika!

Sve to bab-Mara izgovorila odmah s vrata, i brzo, nadušak. Onda tek prišla ognjištu, nalegla se na banak i zazurila u oganj, u crveno plamenje, svojim žmirkavim očima opalih trepavica. Povorano se njeno lice uozbiljilo i kao važno se zamislila. Nadvirila se nad lonac u kojem se pogrijavao ručak.

- Gle, siroto, kuvaš nešto, a? I reduša si. Svašta iz tebe postade. I još će... E, ta, da, tako j' to... ogriješio si se o zapovidi božje. I patio si i patiš. I svi mi tako. Nego, kako misliš, kaži, o njoj, o Smilji, i sa zemljom šta ćeš? - izgovarala brzo baba-Mara i nepomično zurila u oganj.

- Šta da kažem? - Smilja neka ostane u vas. Zemlju ću radit - odgovorio joj Đuka kratko bez premišljanja.

- I zemlju ćeš biti kadar izdržati?! - sumnjala baba-Mara.

- Eh, prominio sam se ja. I prominili su me - ozbiljno izgovarao Đuka i malo mu se lice ovedrilo. Ćutio je primjesu radosna, snažna čuvstva u sebi što može da reče nekomu da se promijenio, da nije više onakav kakav je bio.

- Ne znaš ti, moja bab-Maro, da sam ja posve drugi. Drugi čoek, posve drugi. I zadnja dlaka na meni i poslidnja kaplja u meni! Priobražen u jednu rič... I samo kad namirim poreze, vidit ćeš šta je Đuka - Đuka Begovićâ! - uvjeravao on babu-Maru samouvjereno, s pouzdanjem, bez sumnje, mirno i hladno.

- Vidit ćemo - poživimo li - sumnjala baba-Mara. - Nego, dođi Marki. Čuo bi te on. I Smilju, ovaj, poslat ću po gadno rublje, a?... Znam, imaš. I kruv ću ti peći, samo brašno daj. Ne moš ti kao žena. Žena je žena. I - - zbogom! - prekine najednom baba-Mara i pođe.

- Dođi... Marka jedva čeka, ko uvik, znaš, u zapećku. Čuo bi te čoek. Ta u svitu si bio. Znaš sad, sinko, znam, znaš puno. I Smilju ću ti još danas poslat - dovikne Đuki baba-Mara prije nego se izgubila s trijema. Đuka ostao sjediti na banku. Drago mu bilo što je mogao nekome kazati da se promijenio i da će sad raditi.

- Nek znadu da nisam baš adrapovac, da nisam baš lola, dušmanin svoga roditelja. Nek znadu da ću raditi - mislio Đuka u tvrdoj vjeri svoga preobraženja. I mrkost njegova lica i dotadašnja mutnost njegova oka izgubila se nevidom. I kad u loncu usključala čorba, odmakao ga, udrobio kruha, posrkao i sažvakao nakratko, a onda skočio s banka.

- A sad na posao! - trglo se u njemu. I odmah - nekom žurbom i kao u nesvjesnoj bojazni da bi se možda izmijenio, izgubio volju - pohitao je zapregnuti konje.

Odvezao se na stan. Tamo je popravio ogradu, pročistio kućicu, okljaštrio suvar sa šljiva i sasjekao mladice oko njih. A kad se zrakom povezao sitan cinkaj zvona što hiti sve tamo do šume gdje se svagda razbija rastrojen u stotinu plahih i slabih zvukova te gdje netragom izgiba i gine kao kaplja rose na ogrjevu sunca - spustio se Đuka na travu. Posao bio dovršen, a on umoran, uznojen, ali i zadovoljan. Činilo se, barem, zadovoljan je.

- Vidi se - kazao sebi - da si živio danas, radio si. I život je to svakako. I bit će samo to i u tomu život. To i drugi vide. Sad ću lipo jesti, onda u hlad, pa se lipo odmoriti. I šta oš i tko bi više od svita, od zemlje, od boga tražio! - domišljao, a oko mu je trepkalo ponosno i vedro. I zapjevao je onda punim glasom najmiliju pjesmu iz momaštva svoga...:

Palo inje svuda po sokaku...

Otegnuta melodija, u vrelu i vedru pregnuću njegove duše slila se u jasan, radostan poklič i odbijajući se od drvenoga hrašća nedaleke šume rivala se i nebu i suncu kao bistra čarna glazba - razgruđen talasaj sočna života. A u Đuki je bilo još života dosta, dosta i života i snage.

- Poživit ću ja, alaj ću! - veselio se zato on i pjeva dalje....

Slijeva, od dugih uporedo otegnutih živicâ Poloja, a uzajedno, uzastopce, s njegovim pjesmama - uzelo se razaplitati hitro kolo s dvojnica plandujućega svinjara. Raspleteno to kolo stalo se i dizati i pretapati u prebiru mekom svome iz najnižih u najviše note, u ciktaj. Onda je padalo opet unatrag, sad poskokce, sad vezući, čisto šapćući, u duboko brujanje, u izmir hitnje, sustaja, opoja...

Vrane, svračci i kosovi, i polja sva, i grane, lišće i trave, i sve - kao zastalo, stihlo se i mirovalo pred tim. A to je išlo, to je teklo bez prekida dalje. Dugo. Na jednu pjesmu vezivala se druga, iz kola se izvijao bećarac, bećarcem se preplitao svatovac, svatovac se preplitao u kolo...

Đuki se pak u doumu svega toga priviđalo e se na toj ravni, među nebom i zemljom, oko njega i u njemu bajna priča sapreda i čara. I život mu ojednom postao i premio i predrag. Kao nikad. I krepak se ćutio za desetero krepkih ljudi. I - jesti je zaboravio.

VI

Đuka je Begović otada pregnuo udvostručeno. Laćao se svakakova posla. Od jutra do večeri samo je radio i radio. Radio je kao da neće dospjeti; kao da će mu smrt život prekinuti. Ljude je izbjegavao koliko god je mogao. Prije zore još je polazio na njive i na stan, u kasu... Ljudi, još u polusnu, nesabrani i krmeljivi, pri posluhu oštrog kaskanja, govorili:

- To je Đuka. Samo on tako goni, samo on tako rano ide. Provridio se ko niko. Čudo od čoeka. - On je postao malone čudo za te mlitave ljude. Do jeseni je podmirio oko šezdeset forinti zaostala poreza, platio do jednu stotinu forinata u ime kamata na pozajmljenu glavnicu u štedioni, zaodjeo sebe i popravio gdje god je što imao. Prvi je sve poorao i zasijao i drva si navezao i dvoje svinja uzeo toviti i još povrh toga vozio trgovcima dužice iz šuma i trupine golemih hrastova na željezničke stanice. I dospio je još sam skuhati, postelju namjestiti i razmjestiti, sobu izmesti. I bio čil i vedar. Na žene je rijetko kad pomišljao.

- Šta će mi one? Ja trebam mira, snage - mislio za njih.

U tome došla i zima... Đuka, kako je ojednom i s hitnjom radio i smagao, tako je ojednom i sustao. Dani, doba, baš kao da su bili za to... Bude dan pa vani romoni kiša, mrzla i lagana, sustajkiva na časove i opet onda udara mrzovoljno, vjetar lama, uzdiše i cvili od jutra do mraka i kao plače uvrh razora i pustote, a on samo sjedi i sjedi, bez volje za rad, bez pregnuća. Promišlja...

- Šta je to sa mnom? Je l' to život? - pita.

Bude, snijeg se spušta, i tek što se prostro izatkan na ravnicu, bajere, sokakove, već ga nanos juga nemilosrdno para i kida i topi ga, staplja u blatne mlake i mutne vode, a on, Đuka, šćućuren gdjegod u sobi ili do ognjišta ili u štali, razmišlja: u što li on to pati, za što li se muči i ljude zašto bježi...

- Ludo je to - veli.

Osvane i siv dan sa smrznutim čaporima iskasapljena blata po cestama, a po rijetkom snijegu stružu saone i zvoncad cinka. Golo drvlje povito je u srebrenje inja, sa streha vise ledene svijeće, po tvrdom ledu seoskog potoka onemoglo sunce tek slabe rasipa svjetlace i led taj krutâ se, puca. A rsk njegov i fijuk resko i okrutno reže kroz prozračje oteščano i puno dimova. Sokaci pusti. Avlije prazne. Život stihnuo. Kao zapao u jaz nijemosti i umrića. I samo uz tople peći, po bancima i zapećcima, budi se on uz lulu, preslicu, pljuckaj i pričanje. I mrakom po kiljerima djevojačkim ustrepti jače, uzromoni, uskrili.... Tek ovdje-ondje u kiljeru nije toga nego i kasno ide otud zabrinuta pjesma:

Šta j', di-ko, za-što li te ne-ma...

I onda dođe i drugi takav dan, pa treći, četvrti i - dalje... On, Đuka, samo je ožučen i tup, s okom nekako zablenutim, pa pregara u mračnosti i sve kao da bi nešto hotio a ne zna šta. A tamo duboko u noći, poslije drugih orozeva, a nakon kratka nemirna sna, diže se eno, sjeda u topao zapećak, puši i smišlja. A misli njegove?

- Čemu to?... Zašto si sad šćućuren u budžaku, sam, kao prst, kao pustinjak! Drugi ljudi spavaju kao pravednici. Danju opet sjede skupa, druževno, pa pripovijedaju, puše. I život im teče lagodnije. A ti? Utamničili te drugi četiri godine, a sad - tamničiš se sam. Sam zakidaš svoj život, obuzdavaš ga i žvališ kao kakovo siroto konjče...

Tako se on jadi i tmuri. Onda dalje još misli kako će za par godina ostarjeti, za desetak umrijeti.

- A na što ćeš se moći obazreti? - popitkiva sebe. Vidi: teško će se naći tko će ga plakati. Smilja mu je sve što ima. Pa eno kakova je! Tuđa, posve tuđa. Još nijednom nije ga kao oca pogledala. Ne trpi ga. Živi i ne misli na njega.... Onda se zaveze i dalje Đuka da pita da li itko misli na njega i odmah si odgovara da nije moguće da tko misli. I to što stiče on žuljevima i znojem, bog zna tko će zgrnuti - pada njemu na um.

- Zgrnut će neko. Zgrnut će samo zato što će biti muž moje ćeri, što će biti onaj koji će nju tući i gnjesti, darivati djecom i patnjom i varati je možda - vidjelo se njemu. Vidjelo mu se da će taj i lopovski i besramno kleti njegove kosti zato što je bio tako lud pa namro nikogoviću da se nezvan sladi.

- I onda - razabira on dalje - imetak! Šta je to imetak?... Sreća - ne, radost - ne, zadovoljstvo - ne, to nije. - I on vidi: imetak je imati nešto što će dušu kiniti, tijelo umarati, stvarati brige, gnjesti mozak. To je - bojati se i strepiti dan i noć da će se naći tkogod koji će ga htjeti posvojiti ili će vatra, poplava, led uništiti njega. To je - imati nešto čim ćeš dnevice trovati dušu i pokraćivati život. I naprama ljudima, rodovima i tuđinima imetak drži čovjeka u nepovjerljivosti.

Te i takove misli dnevno je Đuka ponavljao i raščinjavao. Iza njih se razvila mrzovolja, potištenost i ćutnja da on mnogo pregara, a u neopravdanom besmislenom prijegoru. U takovu stanju dolazili mu sati u koje se njemu ružnim činilo njegovo cijenjenje rada i izbjegavanje ljudi.

- To ti pod silu radiš! Nije to svojevoljno! - kazivao sebi.
- A živiti po volji, to je život - pa dokle - dotle.

Vidio je, izbjegavanje ljudi slabost je samo, mlitavilo i strah da će ga ljudi, dodir s njima, zavesti na stranputice. Stranputice! Šta - stranputice!... Ne pita se za to. Pita se za život po volji - dokrajčivao Đuka u sebi i dok je promišljao o tomu, već se i puštao pomalo srcu i krvi.

- Nek ide život kako oće! - domišljao. Rad mu omrznuo. Sam je sebi omrznuo. I blijedio je i mrknuo opet i mršavio. Žalovati je započeo za danima davnim, za momaštvom, za besnenim noćima, za potucanjima sokačkim. Onda ga je svako spominjao - mislio on. - Onda je svako o njemu vodio računa. I birtaši i općina i cure i snaše i sve lole i bećari. Ona silovitost njegova, kerenje, nehaj, to je gospodovalo nad svima. Svi se njega onda bojali. A sad? - Mrtva vuka ne plaše se janjci. -

Onda bi mu još i srce uzdrhtalo pri pomislima tima i dočaravala se ta njegova prošlost u sjajnim slikama pred njegovim okom. Jasno je gledao sav taj prijašnji život, život punoće i raspojasa. Vidio se živ uza živa, veseo uza vesela, tužan uza tužna druga. Spomenuo se mnogih i mnogih divana, šaljenja, parbe i zlića, gnjavljenja i tučnjava pa i osvećivanja, prolite krvi. A gdje istom pjesme, kolo plahovito i poskočljivo, sigre ispunjene djevojačkim kričem, trk, skrivanja, pritajivanja, ljubljenja, otimanja prvih poljubaca tek raspupaloj curi. Pa onda šuštaj skutî, noge, ruke, dojke... dah djevojački i ustanca mala i vrela kao užareno željezo! Samo srkni!... Pa piće, ciktave egede crnih u Cigana, tamburice u tavoru meku, rsak stakla!... Pa noći sa zvijezdama, krcate taja i čaranja ili kiše i blata, inja i čičevine! - A u ćošku gdjegod sa curom!... Ej, koliko li se to puta Đuki slučilo! Cura se omata, povija oko njega kao zmija, pa se razmiljava, a u njemu raspojasanost i draž, a iz njega jagma, lakomost u oblagivanju nje tašte i pristrasne... A šta istom dalje!... Onda kad uz jezd prigušenih i rastrgnutih uzdaha - upaljen - golu ruku među naga joj sune bedra!

Ona se tobože - bajage - brani, a ovamo sva dršće, gori, luduje! I oboje sopte, zagrcavaju, kao da će im suze. A ono se uistinu tek stisnu i sljube. Zamru u klonuću, pjani u pripoju slasti i razdrage... Dalje iskrsavalo pred njim i ono svagdašnje i svenoćno iskivanje namjera nekakovih, ona krcatost poriva mladenačkih. I zanos onaj padao mu na um, onaj zanos što ga ćutio kad se spuštao u ležaj kraj drage svoje i ispit kad se u njemu iz sna budio. Vidio se i u onoj krepčini što ga je toliko i toliko puta znala podići, napeti mu miške i japarna prsa. Sjetio se ohola osmijeha s proćućene snage, prezirnih pogleda što ih dobacivao slabićima, kršenja naporom nelomljenih prstiju. Pa ključanje krvi tek! Kako kad sagne glavu zemlji, po licima kao da cvatu ruže. I da ga bocnuo tkogod u žilu o laktu ruke - činilo mu se - prsk krepke i vrele krvi šiknuo bi bio put nebesa.

- A tu... ovdi... danas... sada šta imam? - Ništa! Mrtvu zemlju, žito, zob, brazde, gnoj, žuljeve, smrad! Ludo! - proiznosio bi Đuka sabirući se iza rasplinuća tih slika iz mladosti. U svom pak sadašnjem životu vidio je samo pustotu i tupost, bez ičega što bi moglo da srce pokrene i ponese, dušu uzbuni i uzvisi. I svaki čas, svaki disaj u osami činio mu se stoput gori od onog četverogodišnjeg tamnovanja; jer je bio bez trvenja, takme i borbe s drugima i jer u osami nije imao od šta da se opaja, od šta da divlja. I na mladost svoju i momaštvo svoje gledao je sada kao na nešto sjajno i nenatkriljeno. I požudno lakomo je iznova tu svoju prošlost Đuka Begović poželio. I dao se odmah na to da je povrati. Samoće se odrekao, posla se ostavio i uzeo živjeti kako i davno prije.

VII

U Đukinu sokaku skupljaju se ljudi na divan i razgovor pred kućom čiča-Pane. Tamo je uza ogradu duga hrastova planka za kakovih petnaestero ljudi. Kad ih je više, posjedaju suprot planki na zemlju ili na stazu, na cigle, ili čuče. Tako ljeti i dok je ikoliko toplote. Zimi pak uvijek su u kuhinji čič-Panine kuće, oko ognjišta. I već jutrom rano naći je tamo koga od komšija gdje sa čič-Panom - čovjekom od nerada - prisniva štošta. I samo što taj ode, već dvojica-trojica dođu. I tako po vascijeli dan do mrka mraka. Čič-Martin i Bartol, čič-Roka i Gaja, dida-Moca i Iso, kum Steva i Iva - svi oni zalaze tamo. Pa onda stariji iz kuće Šperića Kulundžića, iz zadruge Semberove i Blatnjakove itd.

- Ta u jednu rič: sabor je, viće je u čič-Pane - govore oni sami. Babe i strine pak, kud će nego k strini Mari, ženi čiča-Pane. I dok muškadija na sokaku ili oko ognjišta, one u sobi ili pod dudama do Berave.

Đuka i sam uzeo zalaziti tamo. Kad je prvi put došao, divandžije se uskomkale, zadivile. I pecnule ga...

- E, viš ga!... Kako da i ti dođe? Mislili smo - posvetio se Đuka, obogomoljio. Il se pogospodio, a, viš!

- Posla nestalo, pa sam došo. Šta da se vrpoljim sam po kući...

- Hm... N-da!... - sumnjali ovi.

- I rad je došo do grlca, a? - dodavali.

- I to - priznao Đuka.

- Ta znali smo, prisanut će to ubrzo. Plava kiša! Čas u-buššš... a za čas progalina, za drugi vedro, lipo!

Poslije takova uvoda Đuka se našao među njima dnevni svagdašnji divandžija.

Oni pričaju o svemu. S usjeva prelaze na život u selu, sa života na marvu, s marve na davne dane: život djedova, na kazivanja o Granici, čardacima, sudovanju sablje. Onda o doseljenicima, gizdi, mladosti, ljepoti, smrti i bogu itd. Svaki od njih ima doduše i svoj redoviti razgovor.

Tako čič-Pano uvijek govori o svatovima, o zidanju drumova, o pecivu rakije, o »financma«. On može početi i počne razgovor o ma čemu drugomu, ali već poslije pete, šeste riječi prijeđe na jedan od svojih razgovora.

Čič-Roka opet svagda pripovijeda o Granici i »fulišicima«, o Molinariju i Radeckomu, Pijemontu i talijanskom vinu, o groševima šajna i o cvancikama. Čič-Bartol i čič-Gaja natucaju uvijek štošta o nepravdi na svijetu, o zlu među ljudima, psuju doseljenike Madžare i Nijemce, spominju se Isusa i njegovih muka za ljude i spas njihov. Djed-Moca i Iso - malokad da ne iznesu pokoji nacrt i osnovu kako bi trebalo svijet preurediti da bude »carstvo božije« na zemlji. Kum-Steva i Iva uvijek se umaraju upravo u dokazivanju da je samo onoliko dobra na svijetu koliko si sam čovjek za sebe a na uštrb drugih steče.

- Živiti u dobru, lagodno, u veselju, u pripovijesti za pripovijest, sit i napit - to je najbolji život. Drugog raja čoeku ne treba. A ljudi i idu odzamande za tim! - naglašuju oni.

Didak Semberov pak nikad ne propušta spomenuti da ga smrti strah, a stari Blatnjakov je li otvorio usta, već dokazuje da čovjek prestaje živjeti čim mu četrdeseta, čim je bez mladosti, požude i snage.

- Da sam... ta, ja da sam nikakova vlast, da je na svitu moja vlada, ja bi svakoga, čim mu četrdeset - maljem po glavi! Svita bi bilo malo i sav bi bogat bio i snažan! - njegova je riječ.

Stari Šperića sve njih samo sluša i vječno klima glavom, ali tako da se ne razabira da li povlađiva ili se protivi. I ne govori ništa. I lula mu nikad ne ide iz zubi. Upravo je čudno - čemu on to dolazi na divan, kad nikad ništa ne govori, kad i ne zna ništa reći. A ipak njegovo lice na divanu poprima takav izražaj kao da njime hoće reći: A šta vi tu brbljate! To nije ništa! Ja znam više, puno, mnogo.

Nego, svi oni imaju i jedan zajednički razgovor: slavljenje mladosti, momaštva i bećarenja. U njemu su svi živi i glagoljivi i složni. Isti stari Šperića pri tomu se osmjehava i kao odobrava štokakve čine iz tuđe mladosti. Svi drugi u jedan glas žale i tuguju za tom dobi. Ponekad se među njih umiješaju i žene iz sobe i iz njihova potihog razgovora učas stvore i gungulu. Bude smijeha, hihotanja, šale, obijesti, štipanja i dalje...

Nije reći da su Đuku razgovori kod čič-Pane ostavljali hladna, ali ni to da su ga bili kadri zagrijati, osvojiti, zadovoljiti. Ljudi sami, kao čič-Pano, did-Iso, kum-Iva itd., bili su mu ljudi neprijatni, tuđi, ni glupi ni pametni. Više puta se njemu čak durilo njihovo mudrovanje o preuredbi svijeta i života koji nijedan od njih nije niti pomislio usvojiti i prenijeti na svoj i svoje obitelji život. I onaj njihov vječni: »eh, pa mi tako kažemo samo da se divani!« - bio mu je do skrajnosti bljutav. On ih je zato očimice i napadao. I kad su se svi složili u nečemu, on je jedini bio protiv, jedini je bio nepopustljiv i onda kad je i sâm znao da ima krivo. Peckati ih sve po redu i zajedati pomalo nije propuštao. Pače nije se žacao - najmlađi među njima - predbacivati im da je sav njihov »divan« samo jedna smiješnost, jedno budaljenje, koje i zabavlja i dosađuje, a on pribiva tome samo zato što ne ima ništa bolje čim bi zatrpao prazninu svojih dana. - O sebi je malo govorio. Svoje tamnovanje ispričao je samo jednom ukratko, bez mrskosti, ravnodušno, Ipak, kad bi se zaveo razgovor o mladosti i momaštvu, bio bi ponešto zagrijan i pričao bi o sebi i življe i više i zanosio se donekle raspojasanošću one dobi i neobuzdanošću onoga života. I nadmetao bi se s drugima.

- A šta si ti doživio! Kaki su to događaji! - uzgovorio bi čič-Pano. - Slabi su oni, sinko Đuko. Al mi... mi... da... onda je bilo to drukčije, bolje; sve pliva u bogatinji. Kuće masne, po odžacima kobasica kolik' dana u godini, a kulenova koliko miseci, a slanina razapetih po duvarovima kolik' nediljica svetih. Onda je lako bilo! Zato smo se mi i irošili. Ko spajinska smo deriščad bazdalikali kroz sve dane i ko viverice po 'rastovima skakali smo mi s noći na noć priko baština uzduž i popriko! - A cure, divojčure, crvene ko vino pri suncu, izrasle ko jele, lakomile se samo za nama i za našom voljbom i milovanjem. A danas?... Na što sve misle? Na ponošaj, na gospodu i šta ja znam. A toga onda nije bilo pa smo lako živovali.

- Ah, šta je to! - omalovažio bi Đuka sav govor čič-Pane uz kakovu lijenu gestu rukom i posprdan smiješak. Onda bi drugi dakako skočili svojim jezikom u pomoć čič-Pani.

- Dobro, kad to nî ništa - kazivao bi did-Iso - al naše ribarenje s pređama, a?... Šta 'š na to kasti, a?... Toga više nema. A to je nešto bilo! Skupimo se nas deset sa toliko mladih žena pa u vodu, pa vataj, pa gacaj po blatu, pa trpaj u torbe, pa se smij... bož' moj... od srca, iz duše, da sve ječe bajeri, sva voda do Prokopa i Surduka, do sela! Pa onda još koji obišenjak tek gurne koju ženu, ona se zanese, usciči i pljusk sobom o vodu. A onda graje, da, ti bože, znaš!... Pa onda tu u jednoj torbi karasi, tamo štuke, tamo šarani i linjaci, aj... Sve se hihoće od veselja, iako se znamo prokiseliti ko konoplja u onoj vodurini. Ono malo odiće na ženama od mokrine splasne se uz tilo, slipi se, kukovi priskoče, bedra se zasjaju i poludio bi čoek, pobisnio za njima. Zato gdigod uz šaš tek pritisneš koju, zavališ je na njega, pa štipaš, čagljigaš, a ona iz obisti i dreči i psuje i ciči. Pa i čoek joj bude međ nama, al ništa on. To je sve bez zamirke. Na drugom koraku on se šali opet s mojom ženom. Da!

I kad tako počne to nadmetanje u govoru, Đuka ne može ni do riječi. Kum-Iva ili onaj čič-Bartol ili čič-Gaja odmah iza did-Ise uspričaju svoje.

- Da, Đuka, - kažu njemu - a gdi je to kad mi idemo na Poloje i u šumu po cicu-macu za Cvitnu nedilju. Th!... Ta, nas se skupi, svi se skupimo, što nas je u sokaku cura i momaka, pa se ogrlimo i ajd... Bere se to onda cica-maca, ljubičica, procipak, jagorčevina, da sve kape okolo-uokolo poiskitimo. Curam opet pune kose cvića. Pa se piva onda, što se piva! Veselje, da ga više nema!... Ko svatovi da su! A ti, u tvoju mladost ni toga nisi imo, viš!...

A kad onda i Đuka dođe do riječi, tuče ih svojim govorom odsvakuda.

- Šta vi! Šta to! - kaže im. - Zar je to štagod, zar je to čemu?!... Zar je u tom štagod pusta pustijana, zar je to bogzna šta?!... U moje mlado doba ne kažem da je toga bilo, al zato kad se nas dva-tri druga složimo pa zaokupimo kaku snašu u njivama... »Snašo, ovako, snašo, onako« - govorimo mi njoj, a ona - poštena žena, ništa grišna još ne pomisli: »Manite me se, za Isusa, ta istom šta!«... Al mi ne popuštamo. »Pustite me da idem kući«... moli ona - »ne pravite komendije«. Al mi... da... bisni, pa opet ovo i ono. I oblažemo je, zabunimo, da sirota ne zna je l' na nebu il na zemlji. I ne bi ona htjela, da, ni za živu glavu na početku, a za pol sata, šta li, ona samo se spusti gdigod u međama ili u žitu. I pamti to onda dok je živa, ne zaboravlja na nas dvojicu-trojicu. I nikom - ništa. Nikad nijedna da se potužila. Eto, jeste l' vi to bili kadri učiniti, a? Niste. A evo još... Mandu Šime Belajeva lipo smo ja i moj drug Lepa Stankov odveli iz njenog kiljera od njega, od Šime, upravo u moju štalu. Sutradan kad se posve ojutrilo, istom smo je pustili. A Šima - nije bome tužio. Zna, isprebijali bi ga ma gdje, ma kada. Eto!

A kad Đuka ovako jednom začne, onda se on ne da ni sustaviti, ni nadgovoriti. Naročito ga ljutilo njihovo isticanje laka života. On je vidio iz njihovih riječi da sve njihove težnje i sva njihova pregnuća imaju jedinstven cilj u njih: dostignuti lak i lagodan život. Njemu samomu, činilo se, nije nigda bilo do toga. Njemu je bilo najvećma stalo ne ćutjeti nikakovih veza i spona na sebi, na duši svojoj, biti neovisan o ljudima, o prilikama, o selu. To su bile - barem se njemu činilo - njegove težnje. Raditi, do krvava se znoja izmoriti - mislio je on - htio bi drage volje, ali ne pod pritiskom, ne iz nužde, nego -jer bi se njemu tako prohtjelo i svidjelo, jer bi sam u duši zaželio tako. Pa sad kad se još nađe netko tko tvrdi da je pustopašnije živio od njega, u njemu je odmah govorljivost podjarena. Ustaje da obrani svoje bećarenje, da im dokaže da ono što oni preživješe nije doraslo njegovu iz mladih dana. Oni su - mislio je Đuka - živjeli kako su drugi htjeli, živjeli su ovisno o drugima, a on je živio samosvojno, bez obzira na druge.

- Ja i - vi... ha... ha!... - govorio im zato. - Koliko li sam samo cura izminjao! Idem dvi-tri nedilje k jednoj, idem dotle dok je ne oblažem i ne obljubim, a onda opet drugoj... Eto vam Kaje Zokine, Đenke Meseljeve, Željanice Filakove. Hoćete li žena: eto birtašica Julka, obadvi Čurićeve, Labrdanove i druge. A vi?... Vi ste se kroz cilu mladost držali jedne ko pijan plota. Vi ste se curama samo ulagivali, vi ste ih samo mitili, mazili se s njima, a ja - ja sam ih tukô. Tukô sam i šakački i ularom i što sam dohvatio. One su bile vaše dok im se svidjelo, a moje su bile jer su se bojale, jer su strepile preda mnom, jer su morale. To je bila razlika, didaci moji!... da. Ja joj za svaki poljubljaj dadem šakom u rebra i još mora kazati da joj i to slatko, a vi ste svaki poljubljaj i ogrljaj plaćali medenjacima i ženidbom! I još su vas varale... I sva tobožnja dica vaša bog zna čija su. Ocevi im razasuti po svem svitu, a vi mećete ruku na srce i kunete se da su baš vaša. Eto, ko je bećar bio!... Pa kerenje, znate i sami kako je bilo moje!

- A kolik' ste vi utukli novaca a?... Vi se tobože poirošite, pociknete bajagi raspojaso, skoknete gajdašu, tucnete ga po ramenu, zazvečite škudama u džepu ko da ćete sav onaj novac sasuti pred njega. A šta bude, a? Izvučete par krajcara, šakom ih turite u njegov rog i onda se još falite, lažovi, da ste škudu dali. A kod mene?... A kod mog oca Šime, pokoj mu duši? - Ciganinu na egedama strune pucaju, flaše idu na komade, vino se rasipa ko pljusak kiše! A to je koštalo, ej! Bankama, peticama je to trebalo plaćati! - sasipava Đuka pred starce i čiče i sve se znoji s velike govorljivosti i tek malo dahnete, odmah nastavlja: - Ludo je bilo, jest, to kažem sada i onda sam kazivao. Ludo... znam, al tako, znate, uđe u čoeka nešto pa ga čagljiga, prišaptiva mu: »ded tako i tako, ded ovo, ded ono; pokaži se: šta moš; crknut ćeš ko i svako marvinče! udri zato, bisni!« Indi, ko bi se tome oteo? Niko!

Starci dakako vole takovo bančenje i hvalisanje, uživaju naprosto kao da ih se krunom kruni, ali ne smiju oni da popuste od svoga. I ne dadu se oni.

- E... dobro... dobro... Al, šta j' najpotlem u tom tvome životu, e? Šta je bolje već u nas, a? U čemu je tvoj život nadmetniji, u čemu nad našim! - idu starci onda na Đuku, a on još i više orječuje...

- U čemu? - Eto! Vi ste živili - kaže im Đuka - uvjereni u duši, da živite dobro i valjano, jer živite kako živi vaš komšija, vaše selo, vaš kraj. Vi ste živili iz ugledavanja u druge. Da su drugi drugače živili, i vi bi. To je to. - A ja? - kaže Đuka za sebe, kaže, on je živio zlom hotimice, znajući da je taki život zlo. Veli: živio je ne osvrćući se na druge, ne gledeći živi li još tkogod kako on. Njega je, istina, vazda nešto nagonilo na takav život. Ali tko će reći da je morao slušati. - Nisam morao - kaže zato on - a slušo sam. Zašto? Zato što sam taj prišaptivač bio ja sam. - Veli: slušao je sebe. Njegov život, život je njegove volje. U njih toga nije, a u tom je njegov život nad njihovim. U njemu doduše nije bilo pravog uvjerenja, da je zbilja živio po svojoj volji. Štaviše, u takav bi čas i nehotice iskrsla pred njegovim očima slika oca Šime i činilo mu se da vidi: tinjava promisao neka nevidovnim prstom upire u taj lik s razlupanom glavom i kao da govori:

- Viš, taj je tebe zavodio. Kud je on tisko, tamo si išo. Njegov je život odlučio o tvom.

Đuka se tomu priviđaju nije puštao, pa kad bi na to zaskočili starci:

- A ne misliš li ti to ko da smo mi na tuđu zapovid živili? - šibao bi on dalje:

- Ne kažem.... Al niste na svoju. Uvik ste gledali što drugi rade. Ako drugi ore, orali ste i vi, ako žanje - žnjeli ste i vi. I jeli ste tako! Na rano jutro idete bajagi u komšiluk na razgovor. A kad tamo: žena vas poslala da vidite što komšinica pravi za ručak, pa će i ona. Eto - kakvi ste. Svakom loncu poklopac, al nikad sami lonac.

- Kaki ti to onda misliš da smo?

- Kaki? Zapećkari, slabunjci, povađači, skutonoše, lutke. Kud vas tiskaju - tamo idete. A tako i marva kad joj »iške« vikneš!

- A ti... ti li si išto bolji?!

- Ne, nisam. Gori sam ja. I volim da sam. Smrt bi bila biti ko vi!

Dakako da takova rječitost izazove uzbuđenost među svima. I vrijeđa to ljude. I prigovaraju mu, ali on se ne obazire na to i govori im da je to baš dokaz njihove slabosti i mlitavila, to: osjećanje uvrede. I kaže im neka njega grde i psuju rad njegove zloće. Njega to neće ni gristi ni boljeti.

- Meni je to - ko da ste putom o lojtru! Samo se pred menom ne previjajte, ne ulagujte, ne oslačajte, ne hinite. To ne volim. S neba pa u rebra i najgrđom riči - i još ću vas u ruku poljubiti. Ali paroku našem - primerice da kažem - njemu ni ora' iz ruke primio ne bi, kao ni rič njegovu. Take slatke i šećerne ljude ne trpim. I ne trpite ih!

- Ehe, kako ti to - čude se oni na takove riječi. - Indi parokovo učenje i bože zapovisti nisu ništa?!

- Nisam to kazô. Vama ih treba. Vi bez toga ne bi znali ni živiti. Vama trebaju žvale u zubima, ruda među vama, kočijaš za repom. Meni - ne. Ja - mislim!

- A mi? - Naš mozak?

- Vi imate mozak za drugoga, a ja za sebe... Al šta da vam pripovidam. Vi bi to čuli samo ušima. Vi što govorite, govorite da se govori, a ja - ja što govorim - govorim iz nužde, iz srca, iz života. A gdi ste vi živili, a? - Jeste li bili barem četiri godine na robiji? Niste. E... eto... pa što da vam pripovidam. Iz trula 'rasta nikad grede - ni iz vas više ljudi. Vaš je život razmrskan, za vama je. Još vam samo smrt i - ništa više.

Ovi razgovori sve ih nekako pokunje, rezigniraju. Zamišljaju se u Đukine riječi, i, očito pod njihovim uplivom, lica im odaju nekakovu tjeskobu i nujnost. Sklad divana dakako biva rastrojen. Kao dogovorno dižu se onda i odlaze što svojim kućama, što u birtiju. Mora da ih boli to...

- Gnjila krv! - kaže Đuka sebi i drugima.

VIII

U takovim razgovorima, na tim »divanima« u kući čič-Pane, prošli su mnogi dani. Samo ih nestalo. Iako je starcima i čičama Đukina oštrina i njegovo šibanje po njima i njihovu životu bilo podosta zazorno i srdilo ih do ljutine, ipak su ga nekud rado vidjeli među sobom.

- A... ovaj... nek se čoek ispripovida... iskida kad tako voli. Ne grize pas koji puno laje. To mu u krvi. Šimina bisna krv... Tija voda brig roni, a on »larma« samo utaman, od »komendije« - sudili oni o Đuki. Nisu ga ozbiljno shvaćali, niti nabirali obrve i mozgali svrh njegovih riječi. Njima je bilo dostatno da ih njegov govor malo potrese, malko zabavi. Ali Đuka nije bio zadovoljan njima. Dozlogrdilo mu ipak. Često - poslije takovih posijela - zasjeo bi gdjegod u sobu ili kuhinju, podao se mislima, dozivao si te starce u pamet, spominjao se njihovih riječi, njihova lamanja rukama, njihova prevrtanja očima i ocjenjivao njihov život. I nije mogao naći nego neiskrenost u njih, neozbiljnost, neshvaćanje i dosebnost, zloradost u prikrivenim posmijesima, licemjerstvo u izraženom osjećanju, niz samih zabluda u njihovu životu. Konačno domislio se i tomu da njegovi razgovori među njima jesu nešta do skrajnosti smiješno, da ga oni svakako smatraju vjetrenjastim badavadžijom, vide vikačem, kiniteljem; - onakovim kakovi su oni. Išao bi i dalje... Stavio bi si cijelo selo pred oči. I nijedne duše nije našao koja bi bila umnogom drugačija od ono par didakova i čiča. I mozgao bi onda: čemu takav život, život jednolik, prazan? Šta se tu dade preživjeti za sto godina, a gdje istom za dvije-tri godine?! A on je svagda bio za to da se nešto preživljuje veliko i silno, da se upravo mora nastojati živjeti u tako čemu. A tu na tom selu, među tom čeljadi? Tu se to ne da. I neka je on eto u duši i drugojačiji - umovao Đuka o sebi - nek i ushtije živjeti različnim životom, a dobrim životom, boljim nego ovi oko njega, htijenje to zaludu je. Jer on hoće - misli Đuka - da ima svoj život, posve - svoj. Pa? Kako do njega? Čime? On hoće, ali ne može. Zašto? Jači su oni drugi od njega sama i sto puta. Zato. Vidi mu se: on hoće drumom, a oni oko njega tiskaju ga u jarak; on hoće jarkom, a ti drugi vuku ga na drum. Njive pak, polja, ravni kraj te sjajne plodne zemlje uokrug pa poljski rad, vidio je, nije za ljude kakav je on. On nije za zemlju, za žulj i znoj.

- Gdi smo mi, Šokci, za zemlju stvoreni? - znao je on kazivati i na divanu kod čič-Pane. - Mi smo čeljad vilenjačka, bajajuća, 'hola. Mi smo ko leptiri. Malo više sunca - sagaraš, malo više kiše - crkaš. I samo bi od ruže do ruže.

Za svoju je narav govorio da je i majstorija. A po sebi je on i druge sudio i kazivao da bi svi Šokci i psa nadlajali i mudra nadmudrili, ali u radu... njega ni nema. Opstoji samo kidanje i rasipanje, i razgrađivanje i rušenje. Svi turkaju i potiču jednu vatru. I lijepa ona može biti i vrela i sjajna i ogrijat se i prigrijat može na njoj, ali će i ugasnuti. A onda? Pepeo, garište...

U svrhu takova mozganja obično mu polazila misao od čovjeka do čovjeka, kroz sve selo... Svakog je vidio... Sad bi ugledao sušičava Andru Mihaljeva koji već deset godina pljuca sukrvicu, koji od škrtosti jedva diše a koji daje na zajam: deseticu uz kamate od pet forinti, vreću žita uz povratak dviju vreća. Trogodišnjeg ima žita na tavanu, ciglom popločanu avliju, ucrvane slanine na duvaru, velike njive, marvu, novca, pa? - Sirotinja nadničari kod njega, a on joj otkida za svaki odisaj, prikraćuje nju za svaki krajcar, stane li s poslom i čas prije sunca zapada. Hiljade mu leže u imetku, a hrani se krompirom i vodom i - krv pljuca. Žena mu pak i kći namiguše, svačije. I kradu ga... Kradu »švalerima« novac, rublje, žito, kukuruz... A nadničari kod njega? Da mu se osvete - pri sijanju razbacuju sjeme i po razorima, pri košnji ne grabljaju klas bogzna kako, pri sadnji u svaku petu kućicu ne metnu ni zrna. I varaju ga gdje god mogu i oni.

- Eto... kakav je život toga čeljadeta! Stiče... stiče, a kad zadnji put ispljunce krv - žena će mu i kći udariti u tanac u kući, prevrnuti što gore to dolje, rasuti... - vidi se Đuki i ljuti to njega, srdi se, kao da je on sam sušičavi Andra. On i mržnju nekakovu poćutava prama takovom čovjeku i kaže sebi:

- Takav kad bi bio - ubio bi se!

I ne samo Andra... Eno, komšija njegov Gabra! - I već mu misao slika toga Gabru što se guri i što sopti u teretu od malih nogu, a ne može da skuca ni čestita kruha nego jede ječmenjak. Ječmenjak uz blagoslovljenu zemlju! - Eto i taj Gabra njega ljuti. Njemu je teško pri pomisli da je taj nesretni mlitavac njegov komšija.

Pa onda kad još čuje tog istog Gabru kako poplakiva:

- Đuka, daj mi ornice... Đuka, uzajmi mi plug... uzajmi drljaču... Đuka, uzajmi forintu - eh, onda bi ga radi tog njegova prenavljanja ćušio da sve zvijezde vidi. Ali eno on mu ipak dade što god zaište iako već pozna tog Gabru, iako zna da mu rijetko koju stvar dobre volje vraća. Đuka se jasno sjeća da je u Gabre njegova testera, da je u njega jedna sjekira, jedan točak i jedna osovina, tek Đuka ne ište to natrag. Đuka ćuti ponos pred tim; stid ga je uziskati. Žena Gabrina opet poodvlačila je sve kojekakove kućevne stvarce, kuhinjsko posuđe i stvari za stative pod imenom »uzajmljivanja« sebi. Za tim Đuka pogotovo ne žali. Ta Gabrina žena, zdepnjasto i zdravo čeljade, drugačije je isprosilo te stvari sebi. Ona, tek svane, već i dođe. Uniđe Đuki u sobu, a on još leži. I onda se cerika, šali, podbada Đuku dok on ne oživi... A onda ona bez ikakova stida traži plaću i kaže:

- E... a sad plati.... Uzajmi to i to... - Đuka odmah muče daje i kad se malo priučio na nju, kaže joj i sad:

- Dođi i sutra.

A ona, razumije se, točna ko sat. I to Đuku srdi. On vidi da to isto nije lijepo od njega, ali se odmah i opravdava...

- Nisam se ja njoj već se ona meni ponudila! - kaže.

Pred oči mu dolazi i Blaža Ivankov. To je onaj što krade drva, guske, snopove požnjevena žita s polja, kukuruz s njive - i svaki dan ide u crkvu, za procesijâ nosi nad župnikovom glavom s drugom dvojicom takozvano »nebo«, a za večernjica i zornica zvoni sa zvonarom na tornju. U crkvi uvijek kleči i svake mu hlače izlizane na koljenima! - Treba živjeti u stvari pred bogom - kaže taj Blaž i hvali se upravo čovjek sa ono izlizanih hlača. I taj srdi Đuku! Pa kum-Jakša njegov! Taj se uvijek zamišlja a da ne zna u šta i sve što mu se reče - zaboravlja te toga radi veže gulice na maramici da ga gulice podsjete.

- I to je čovjek! - kini se Đuka i dakako odmah vidi dalje... Vidi Tunu Božanova što živi već pedesetu godinu zdrav i besposlen, a pô ga sela nije vidjelo već deset godina.

- Gdi je taj? U čemu taj život provodi? - ne može da razumije Đuka. Pa onda komšija Mija! Taj je i smiješan Đuki i srdi ga kao nijedan drugi čovjek u selu. Zapalilo mu jednom štagalj eno... Na glas vatre strkalo se pô sela pa i bilježnik i načelnik. A Mija - radostan što mu općinska gospoda u avliji stoje - ostavio se gašenja i ustrčkao se kao sumanut. Ne zna šta će. Iznio im i stolice. I sve se uzeo prigibati pred njima. A na kraju iznio im još i polić rakije.

- Kad već gospoda dangube, nek se barem napiju - govorio on.

- Eto, kakvi su to ljudi - kakav život. Njemu štagalj gori, a on se osvrće na stolce i rakiju. Uh! - ožučuje se Đuka i ne može da pojmi takova čovjeka. To ga i razdražuje uvelike, ubija mir u njemu pa mu dotešćava, onako mu dotešćava mišljenje o selu i svim tim ljudima kao bolesniku postelja. Bolesnik se tog tereta rješava snom. Đuka se isto ne da dugo tim ožučivati. Brzo se on podaje starom onom svom bećarskom nehaju koji za sve to ima samo jedan smiješak s visoka, jedan lijeni i nemarni odmah rukom. Da. Kod Đuke se to na koncu konca svagdanice jednako svršava... On natapi kapu na oči, zavrne brk, uzdahne i, ne znajući zašto, otputi se u birtiju na vino, razgovor, kartanje.... I jede tamo. I smiriva se opojen vinom, zaduben u kečeve. Kao i nekada. O svijetu i životu kaže samo pokoju riječ, ali hladnim je prezirom izgovara. U duhu pak doumljuje da čovjek najbolje živi kad živi prepušten krvi i naravi.

- Raspojasaj se ko da si sâm - kaže on svakomu. Supijan znade pak i mrska inače čovjeka, nađe li se samo uz njega, ogrliti i cjelivati. I govori onda:

- Ti si ko i ja. Svi mi prtimo ponešta... Neko lakši, znaš, neko teži teret snosi; neko sa manje, neko sa više snage. I sustajemo, znam, svi mi i mremo, crkamo, čoeče, ko i sva marva. Indi, šta 'š ti, ja, mi? U šta da se dadeš? U divan, u piće, u zadovoljavanje, a? Ja mislim tako bar - iskazuje Đuka, a po licu mu, vidiš, samo se neka lijena povlači sumnjičavost. Ljude do sebe goni da ispijaju čaše do dna, nalijeva im od svoga vina i upućiva ih, samouvjeren i s visoka, s tmurno-ozbiljnim izražajem lica, da ne žale novac.

- Pijte, trošite! Novac u džepu - vrag u srcu! On podgriza život, truje, krv, on pô života otme. I ne mislite, znate, evo taj Đuka pije jer je pijanac... ili pića željan... Da, jok! Nije tako. Vid'te. Đuka pije zato da novce zapije, krst im njiov, nek ih nema. Đuka pije eto i zato što mu je pijanu lakše oko srca, što pijan može svakomu pljunuti na lice. I zato - svoju pamet da opije i zaludi da ga ne muči i ne mori! A krike, jest, veselja za to treba. Pića, karte, svega! Pa šta košta, nek košta!

I onda to ide dalje i dalje... Ljudi se, koliko god ih bude, skupe u gužvu utijesno oko Đuke.

- Da... da... da... dadâ... Uhm!...

- E, nego!...

- Pa i nî drukče! - proračunano mu odobravaju, a i zavode se njegovim, Đukinim, riječima podosta, pa još kad gucnu njegova vina, čude se kako nisu odavna uvidjeli da je upravo tako kako Đuka veli. A Đuku to još i više potiče, pa onako zamračen i jedak, preuzima glavnu riječ, raspasava se i raspušta, oholi se svojom rasipnošću i po stoti puta hvasta svojim prezirom novca i imanja. I na svoj račun poji sve oko sebe.

- Pijte... ločite... To je luda, luda nad ludama, moj rođeni ćaća, Šima je to Begovićâ sačuvo. A sin mu njegov, Đuka, eto rasipa. A zar nema pravo, a? Tko će kasti da nema pravo?!... Ima. Imam pravo! - I oću, ta zapit ću sve do zadnje krajcare, do zadnjeg obojka - i još neću bit siroma! Još mi moj život ostaje. A tko je živ, nije sirota. Još litru... još dvi... tri... četir... pet...

I tako dalje... Raskeruje se. Cigani pak seoski dakako ma od koga prime douhu: »tamo i tamo taj se i taj keri! i - evo ih nepitanih i nezvanih. Rukavom brišu nos, »kalafonijem« mažu gudalo, udešavaju egede... I čim struna cikne i jaukne i propara zadimljenu i zapljuckanu sobu birtijsku, već sve luduje, biva sámo onom strunom na guslama razapetom. Birtaš kao i svagda, samo piše kredom brojke i dvostruko i trostruko zaračunava pijanom Đuki u račun. Đuka - ne mari. On je sav onda raspustit, mekan kao tijesto, plahovit kao cura-prvoškinja, razirošen kao momčić od osamnaest ljeta, rasipan kao kneževsko dijete.

- Tko sam - ja sam!... Što sam - to sam! - mljaska on onda, žmirka očima, zakreće glavom i škripi zubima.

- Sviraj, Cigo, da ti... - psuje on i broji Cigi cijelu familiju: maju, seju, brata, oca... A onda opet kruži okom iznad glava svima po prljavim duvarovima, diže ruke uvis i klima njima po taktu glazbe. Čini se, utvara si, sanja, e je sad vrh sviju ljudi, uvrh cijela svijeta on sam, on - i niko više!

I zora često dođe, a iz niske krčme, zablaćene i zapljuckane, oštrim dimom lula i cigara zamračene još se ispruža i prorivava u tmurnoj niskoj noti, u hrapavim i supijanim glasovima bećarska pjesma nemarna i raspustita Šokca...:

Strepi, curo, čim vidiš be-ćaa-ra...

Crkaj, ženo, da tee vi-šee nee-ma...

IX

Kao jedan dan izgubila se cijela godina... Đuka plivao vas podan srcu i svojoj naravi, bez obzira i sustezanja, bez misli kuda će dospjeti, kamo će ga struja odbaciti, sa čim će se sukobiti, u kakovu viru zavrtjeti, i hoće li sustati. Ni na jedan dan nije se dospio osvrnuti. Puštao je neka ide kako ide. Nije ipak reći da nije kroza to vrijeme nikakav račun vodio. Vodio ga on. Tek to nije bio račun o životu nego račun o izdacima i dugovima. I to nije on pisao iz opreza, da ga ne prevare, nego tek iz želje: znati koliko troši, znati koliki će on novac rasuti.

- A... anđela mu.... barem ću vidit šta to košta par godina profićukati s rukama u džepu - kazivao Đuka kad je govorio o računima koje je zabilježio na kojekakve papiriće i zaticao za grede i tavanice u sobi. Inače je on potpisivao birtašu i drugim vjerovnicima mjenice, obveznice i šta su god htjeli.

- Evo, napisat ću vam te dvi-tri svoje kvake, pijavice ljudske. Eto - pomognite se, đavoli. Mislite da ne znam da me varate. I joj, znam ja i te kako! Al evo, puštam vam; barem ćete se u doba starosti i kajanja morati i mene sjetiti s jednim Očenašem.

I sudbene odluke i obavijesti često su stizale Đuki, ali ih on ni čitao nije. Samo ih zatakne za gredu.

- Ah... marim ja za sud i kotar! Gospoda tobožnja nemaju druga posla, zato side i šaraju. Hm... i moraju šarat. Zato beru plaću. Al ako oni moraju šaruckati - Đuka ne mora čitati i slušati. On ne bere za to plaću. I neću slušati, eto. Uprkos neću, pa neću... i ope' neću... I napisat mogu oni svašta. Papir podnosi, a meni to - ko da si zvrkom niz stazu. Ko šta oće, nek mi dođe na oči... na noge.

I samo je isto živio i dalje...

- Znam ja, »tabuliraju« oni mene. Grizu se o mene. Kurjakovi, pijavice, ala se lakome. A svejedno Đuka će i ope' ostat Đuka! I dok ima - bit će svima!

Tako prošli mjeseci. Svojoj kćeri Smilji, što bila u selu u rođaka, išao je Đuka ponekad i odijevao je ravno drugim curama.

- Odit ću ja tebe - kazivao on. - Moraš izgledat ko i svaka gazdinska. A ne da ti se podsmivaju. To ja ne dam. Pa šta košta, da košta. Kud odlaze stotine, nek idu i desetice!

Uoči Uskrsa nekako otišao bio na stan. Godinu dana već nije bio na njemu. I došlo mu najednoč pa se zaželio onog šljivika i one kućice. Dan bio bistar i jasan, sunce sjajno i vrelo. I samo je pojurio pješice preko njiva, oranja, razora, usjeva... pognao ga tamo i spomen na dan kad se ono vratio iz Mitrovice i u koji se onako raznježio bio i uzobijestio pa srnuo kolima kroz prosiku šume Hajke. A onda, očekivao je, sastat će se tamo sa čobankom Ružom. Ona mu već osmi, deveti mjesec dragom i ljubovcom. Kad je došao pred naherenu trošnu kućicu, sto i sto uspomena sunulo mu u glavu. Sva mladost njegova, sva prošlost, svi dani bezbrige i nerada, svi časovi nepokoja, trapnje i mračnosti, svi užici, sva draž i opoj vas - sve to zaigralo pred njegovim okom, salijalo se u jedan golem nujan osjećaj. I tako to bio prvi dan nakon cijele jedne godine u koji je on dospio obazreti se unatrag.

- Čudno! - vidjelo se Đuki. - Kako to ide, samo ide. Htio-ne htio čovjek, to ide ni brže ni lakše. Kaži danu »stani!« - jok! On samo ide, a ti plači za njim ako te volja. Vidio je i kosa se njegova progrušava pomalo, sijedi, noge slabe, ruka podrhtava. Brusi se brus dok se ne izbrusi. Ide vrč na bunar dok se ne polupa - činilo se Đuki.

Zatim eno ušao Đuka u sobicu, otvorio prozorčić, osvrnuo se na razrovan pôd sobe, na žutosive duvarove, na bezbrojne mreže paučine, na prašan krevetac, na crvima istočenu klupčicu, na po miševima razgrizenu slamnjaču - i dalje... Ugledao i debelu knjigu za tetivom, kako mrtvo leži, omotana višegodišnjom prevlakom prašine i oprepletena sa bezbroj niti fine paučine.

- Da je uzmem? - pomisli i segne za njom. Na prozorčiću je opraši, polegne se na krevetac i - pljujući među prste - uzme okretati list za listom. Zna on, Sveto je to pismo. To je uvijek čitao njegov pokojni stric Gaja koji se nije ženio te koji je čitavu drugu polovinu svoga života čuvao svinje i preživio tu na ovom stanu. Negdje te negdje zapelo Đuki oko o koji redak i on nastojao pročitati to mjesto. Teško išlo. Kad je on čitao! Godine su prošle! A i slova su bila žuta i ositna.

»Koji te udari po... po obrazu, okreni mu i drugi; i koji hoće da ti uzme kabanicu, podaj mu i košulju«.

Već prvo to mjesto Đuku uzbunilo.

- Kako?! - čudio se on. - Dobi jednu pljusku, pa čekaj i drugu? Tko ti skine jedan kaiš s leđa, daj mu neka odere svu kožu? Hm... nije valjda... - i čitao je isto mjesto opet i nije mogao pojmiti. Osjećao se nekuda tup za to, a i protivštinu na sve miroljubive riječi te knjige on je ćutio. Čitao je i dalje... Ali ništa ga nije dirnulo, nigdje se nije ustavio da razmisli značaj mnoge velike riječi. Njemu je to bilo posve tuđe. Nesvjesno je ćutio da je on za takovu vrstu okrepe odavna ubijen. A krivi su i sami propovjednici te velike riječi. Sva povijest predaje njegova sela i okolnih naselja krcata je činjenicama odvratnosti i niska licemjerja, nepravde i bluda, taština i gramzljivosti onih koji su zvani da uprave korakom kad je na posrtu... Kad je zato nakon nekolikih stranica uščitao:

»Koji se hvališ zakonom, a prijestupom zakona sramotiš Boga« - pomislio je odmah na seoskog popa, župnika - i samo je ispustio knjigu na prorovan pod do sebe.

- Eto!... on! - doumljivao. - Gospodin parok! Kaki mi je to čoek? Iz te knjige on uči nas, svit. On uči nas - misto sebe!

Proslijedio je i dalje...

- Taki je upravo on! - dozivao si riječi knjige. - Sve što »prodikuje«: ne činite - on čini. A nas bi tio učit! Šta, baš ako ćemo, on i zna? - Zar, bog šta misli?! Otkud bio on to znao - on - pop. Ni sve knjige svita ne znaju, a gdi on: jedan čoek! - i poćutio je potom u sebi kako on, parok, bolje zna kako koja cura zapreže skuta i snaša kako koja isprsito ima tijelo, kao i lukna koliko mu je tko dužan, nego to - misao božiju. Sjetio se i tolikih zanimljivih stvari što ih selo u sav glas pripovijeda o paroku.

- Eno... ona Janja Iživkova, Marta Kadićeva, Kaja Nedićâ, kroz godine su išle k njemu u mračak. Zar bogu se moliti? Ha... ha... I sad... Eno.... Martinka, ona 'ći crkvenjakova, šta tamo radi noću? Sinoć kasno skobio sam je do samih vrati. Ode k njemu. Eto, lako onda joj narediti dva-tri niza dukata oko vrata! Oduži ona to. A on - danas s istim je rukama sveti kalež dizo! - spominjo se Đuka i osrdio se ponešto.

- I svi oni, koliko god ih poznam, eno: kartu, pušku, čašu, snašu - to znadu, to važi u njih - javljalo se u njemu mrsko i žučljivo, te se sam počeo čuditi otkud takovo čuvstvo na one kojima je toliko i toliko puta poljubio ruku, koje je godine i godine s nekim strahopočitanjem promatrao. Međutim u njemu se javljalo dalje...

- Pa duša kaka je u njih, bože prosti! - i on vidi kako ono biva kad se takovomu donese žito za lukno. On sjedi uz vino. Ponudio ne bi ni... što j' kasti... kaplju. Odvagiva se... »Dometni... još, još, još pol kile fali! « - zabrinjuje se. Ko da je čovjek ćorav! - Pa kako mu samo glas plače! »Čistine trebo si, kršćanine, donijeti. Ne ražulje!« Ne pita jede li onaj kršćanin sam - čistinu. - »A gdje je pleće, gdje?« - kaže još. - »Ej, kršćanine, kuda lutaš! Zaboravljaš dužnost, svog pastira. Oneznabožili ste se, o, duše, duše!« I žao mu onda za onim jednim plećetom, rađe bi valjda to parče mesa u svom odžaku od raja nebeskoga. Eto, oneznabožili se, jer ne daju pleće!

- Bi l', Baro, mlika!? - Dobra ti i voda! Tako i s njima - mislio Đuka. I evo! Kao da gleda... Ta zar je jednom vidio popa, onamo u kuhinji, kako odmjeriva kajmak kupcima - sirotinji sela. Eno - sve mu ruka dršće; ko da žeženo zlato odmjeriva. Vidi se, za svakom kapljom prosuzio bi taj. A u riječi - u njoj je sladak ko med. Mislio bi: e, ovo je čovjek dobar ko dobar dan. A - eto.

- Hm! - hmkne Đuka i pred očima mu se oslika iznova debela osoba popa, te namaljana lica, potpregnuti skuti i čarape sa sisicama u Janje Iživkove, Marte Kadićeve, Kaje Nedića. I Martinku, krupnu garavu kćer crkvenjakovu, vidi. Dukati s nje blliješte. Crkvenjak opet, eno, čim zahladi, kreće popu. Na čašu, na dvije. Prijatelji! Njega pop poji. Zna i zašto. A crkvenjak opet izrabljuje tu dobrotu dnevice i u drugom. Danas ište od popa ovo, sutra ono. Naplaćuje se na račun svoje kćeri. A po selu - zna Đuka - prenavlja se, ko seoski Juda. - Ej, bože moj milostivi, dobrote li velike, velikijane u našeg gospodina paroka. Duša, sunca ne vidio, da je više nema! Poji taj i 'rani oko sebe... - kaže crkvenjak i ne stidi se te laži iako zna da svi znadu s kojega to razloga pop njega, crkvenjaka, časti, iako zna da je pop inače takav te bi - seoska čeljad veli - potopio i drvo na kamenu!

Tu zastala Đuki misao o popu i crkvenjaku i on poslušao kako negdje vani, do njegova stana, na poljskom putu, škripe kola pod teretom, a kočijaš pogniva konje sa »đi« i »de«. I gore na krovu kućice, čuje, živiču vrapci, čerupaju se i prolijeću pokraj prozorčića. I vidi: na prozorčić pada sjena s nedaleke kruške male krošnje, i kako god tamo na njoj potreptava lišće, tako ovamo, čak i u sobici, podrhtava osjen, i sjajne točkice, sitne svijetle plohe sunčane zrake rasipaju tuda...

Nakon nekoliko časova pak moglo se vidjeti, Đuka Begović u druge tone promišljaje. Osmjeh sitan i drag, što mu uzmiljio eno iz kutova usana, opet kazivao da su ovi promišljaji njemu mnogo draži i miliji od onog sjećanja o popu i crkvenjaku. On se to bio vratio u preživjelu godinu... Sjećao se šta je i koliko je on to preživio. Naročito jedno ga zaokupilo. To »jedno« bila je njegova voljba.

X

Ruža! Čobanka Ruža! Kako li se ta žena njegova uhvatila srca! Odonda otkad je napustio svaki posao i rad i začeo polaziti divane i razgovore, sjediti po cijele dane po birtijama i opijati se - odonda je obilazio i oko žena. On je znao svaku mlađu ženu, svaku snašu i curu u selu kako diše, s kime razgovara, koga voli, koga vara. Znao je sve one koje idu subotom u bližnje gradove... Znao je kakove to poslove obavljaju. I sve gotovo nove stvari, odjeće, na takovim snašama i curama znao je otprilike otkuda potječu. Među njima bilo je zamamnih, kako to samo može biti Šokica Posavine koja, da može, i u mlijeku bi se umivala. Ali ni kod jedne nije se on ustavio, nijednu da je ikoliko zavolio. Nijedna ga nije mogla ničim osvojiti. Bilo ih je, kako je on kazivao: »zgodnih«, puna tijela, lijepa lica. Bilo ih je izvještačenih u milovanju, upaljivih i strasnih, ali u svakojoj pa i takovoj on je uživao samo - čas. Sutra ne bi se ni obazreo na jučer. A i one same, nijedna od njih, nisu se baš hvatale njega. Pa ni udovice, koje su još uvijek mogle računati na udaju, nisu žalile što im se više ne vraća. Ta sve su one bile Šokice, šokačka krv! Njima je i samima bilo i sto puta draže da ih se odmah napusti, da mogu lakše do drugoga, trećega itd. Sve one čeznu za promjenama, za novim i u voljbi baš kao i u svojoj nošnji. A onda - šta da se reče! - Obično su to bili i jednostavni poslovi sa soldatušama i udovicama. Bilo tu: za kola drva na primjer, za popravak čegagod itd., a i za sam gotov novac. Negdje opet bilo iz jednostavne podrage i jer se tako, u mrak, na zgodnom mjestu sukobili, našli. On nije bio našao drugu, a ona drugoga. Pa eto ljubovnika od jednoga dana! Tako to već biva po tim bijelim selima te bogate ravnice, te domaje bujna i raspojasana života. - Nego, njegovu nagonu i svojstvenostima njegove naravi to nije bilo dosta. Sve mu bilo suviše jednostavno, obično, bescjeno, nepustolovno. Tu nije trebalo sabiranja, razmišljavanja, ulagivanja, nije trebalo borbe, kradomičnog sastajanja, taja i pretvaranja; ukratko: nije bila potrebna nikakova voljba, nego tek namigaj, pazar.... A on.... on je htio voljbu, on je htio nemirne sne, dane pune čeznuća, časove vatre i zanosa, noćna ročišta u zaklonu guste šikare ili med ziđem visokoga plašća, poljubljaje i ogrljaje i užitak strasti na blijedu sjaju mjesečevu, pod okriljem tame ili oblaka. Da, Đuka je Begović htio ženu voljbe, a u ženi svoga ljubitelja. Njegovo se oko zapiljilo u Ružu. Ona bila udata za Radeta, čobana u Andre Mihaljeva. Nije bila Šokica. Njeno lice je bilo garavo, sa par pjega samo, oči crne i velike, kosa još crnja, tijelo oblo, gipko i puno, bedra i usne crvene ko poluzrela trešnja - bez premca u selu. Đuka je pošao za njom... Rade dolazio u selo nedjeljom po jedanput, a inače se nije micao s njiva i od ovaca. Ruža mu češće podnevom odnosila ručak i vraćala se sama nazad. A on, Đuka, vrebao na nju svednevice. I tek kod kakove živice, onizice ili šamca izroni preda nju. Ona zadršće. Bojala se Đuke od prvoga dana. Plašila je mrkost njegova lica, sabir debelih obrva, reskost glasa, bezobzirnost riječi. Ali kad je vidjela kako on to nju pozdravlja pri susretima i kako slabim, stihnutim i raznježenim glasom s njome razgovara - nestalo je bojazni. I dopao joj se Đuka. Ona je ćutjela da on nije kakovi su drugi ljudi oko nje. Ona je osjećala moć nekakovu u njegovu oku. A Đuka opet nije baš okolišao, skrivao svoje namjere, pritajivao svoje želje.

- Znaš, Ružo, ne da se - kazivao on njoj.
- Šta se ne da? - pitala ona.
- Pa to eto, to tako, ko dosad...
- ?! -
- Ne da se, kad... ovaj, vraškava si, đavolja... Smutiš. Zavolit ću te, sunca mi.

Kad bi se spustili u kakovu onizicu ili zašli među grmlje, odmah je prilazio k njoj, doticao joj se tijela i snizivao glas do šaptaja. I zavodio je...

- Ah pa šta Rade, pa šta selo, šta sve to! Živi dok se dade!... I ne puštaj mene da se kidam, jer...

Isprva i dva-trikrat dapače, ona se branila od njegovih doticaja i njegovih šaputanja. I srdito se otresala na nj. Ali kod petog, šestog susreta i to se lomilo. Nije mogla drugačije. Kod gumana stanarskih, na široku vijugavu putu, među ovisokim grmljem žestilovine, gloga i svibovine - prvi put je popustila. Naprečac joj došlo pa nije mogla dignuti se proti njegovu podraživu šaputanju i riječi nije mogla naći da bi odbila njegovo zavođenje i njegove nagovore. I samo se privila uza nj... A on joj uzeo ljubiti usne, milovati grudi i sašaptavati o sreći kojoj idu u susret. I tako se tim počelo. Prvo su ročište ugovorili za selom, kraj potoka pod vrbama, u dubok mrak. I dalje su svagda onamo išli, ondje se sastajali.

- Pod vrbama! Vrbe! - sjećao se Đuka sada i cijeli onaj kraj za selom s potokom i vrbama gledao je pred sobom.

- One vrbe, aj...! Pa trava, štrepavac, široki listovi podbjela, ivanjsko cvijeće, siručica!... I tamo niže, uz samu vodu - konjska metvica... njen miris! Pa u vodi - široki šaš, drezga, nizovi drezge, žutkasti cvijeci ko očice kakove! A lopoč tek!

Drago mu bilo oživljavanje svega toga u sebi i pred sobom. I čudio se kako se sve to dade u samom priviđaju vidjeti bistro i jasno.

- Eno vrbe! - Stisle se jedna uz drugu i nadvirile se nad tihe vode nizine i ravni. I samo šute... Najniže - tanane duge grančice dotiču se glatke površine, rone u nju. A zapad je, suton je... Da. Obično je bio suton kad je prilazio vrbama. Sjećao se on i vidi kako daleko, negdje iza šljivika, tone sunce. Kroz vrblje teče rumen njegova, igra na bljeskavu lišću i hrapavoj kori starih kukastih debala i lako bojadiše tihe vode potoka. Ko mlada krv čine se oku. A i ona ide... Svagda on opazi nju. Eno nje od sela! - upozorava sam sebe i ne skida oka s nje. Ona ide pognute glave, s maramom navučenom nad oči. Onda kad podiže glavu, meće ruku nad oči i zagleda vrbama. Tamo gdje on leži, tamo je odronak, onizica bajerova. Ne vidi ga. A on vidi sve na njoj. Vidi košulju, vidi crvenčastu pregaču, vidi skuta s plavim vezovima i znade već: potpregnuta su pod lijevi kuk. I čisto čuje kako šuška osnažena, rascvjetala livada pod njenim nogama u žutim opancima. A daleko bude još... Rumen sutona u dugim trakama hrli prema njoj, plazi niza livadu i ogrljava nju, poskakuje oko nje. I smiješi se nad njom i njenom mladošću. I vrbe - čini se njemu - vide nju i šapuću: evo je, evo je!... I mirne vode nizine kao da se bude, pa u laku drhtu svoje površine nose šapat vrba drezgi, lopočima, šašu, daljini... I evo sad će stići ona! Gle - evo još dvadeset... deset... devet... osam koraka. Još skok. I on osjeća: raste on. Njegove se ruke same pružaju prema njoj, a dosad mirna trava kao progovara, priča u šuštaju, kao - divi se. I dođe ona... Sjeda do njega... Garavo joj lice zapureno, usne vlažne. I samo se priviju jedno uz drugo, samo se sljube. Vrbe su onda tihe, zamukle, veličajne. Rumen se rastiplje, gubi, a s vrblja, priviđa se, prokapavaju osjenci, sjenčaci. Potok tamni, grančice što se sljube s vodama njegovim zaspivaju na njima kao na meku uzglavlju. I osjenci se stapaju u sjene. I puno ih već, tih sjena. Pod njima dvoma šuškaju, sašaptavaju trave, poželjno podrhtava štrepavac i s obruba odronka snažno diši metvica. Oni govore... Pa kako govore! Ludo govore! Ma šta kažu! I smiju se tim samo onako izuštenim riječima. Onda pošute načas. U krošnji koje vrbe takne nešto koju grančicu, drmne lišćem. A ona i opet tek progovori o čemugod. Srce joj čuješ u glasu. Đuki se činilo, srce joj čuje u glasu, duša njena kroza nj progovara. I priča ona: kako je cijeli dan mislila na njega i na ono sinoćnje tu pod vrbama, kako nitko još ne zna za njihovu voljbu i kako uživa u taju tomu.

- I sad sam rekla - kazuje ona - u selo ću, a eto prokrala sam se. Eto me tebi, 'uncute ti jedan!... - mazi se ona, a on onda uživa, topli se čovjek, zagrijava se. I mrak već ide, vere se kroz sve grane i grančice, optiče svaki listić, svaku travku, cijelu ledinu, njih, livadu i dalje... I potok zakrije. Na nebu samo pokoja zvijezda pa nečujno roni kroz vodu, u tihu se svjetlucaju vozika uspavanom površinom. Odmah su i slobodniji. Njegova se ruka maša njenih njedara i bedara, njena se zariva u njegovu kosu i stišću se jedno uz drugo kao da se žele srasti, ujediniti. I usne im se ne rastavljaju. U njemu se burka i razmiljava sladak osjećaj, na njenu licu iskrsava izražaj zadovoljstva, na njegovu sreće. Kao da je odnekud i zadovoljstvo i sreća - piće, pa se sacjediva u jednu čašu, a oni to piju, požudno srču. I koliko god ispiju, toliko se i opet sacijedi. A strast, uzrujanost raste, plavi. Ona mu već golica vrat, duboko odihava, nemirna razbacuje noge, a njegova ruka nizak oplećak povlači još niže i toplu hvata grud. Ona proteže noge do sama ruba odronka bajerova i svija ruke oko njegova vrata. S odronka se tek otkine komadićak žiličave zemlje i čapne u vodu, digne kolobare, rastepe vozikajuće zvijezde.

- Viš ga! Ti moj -

- Pojô bi te - kaže on njoj, a njene ruke ojednom samo se razbace. Začupkaju travu...

- Đavole, umrt ću! - šapuće ona i nasmijava se prigušeno i mameno. S odrona pak samo učesta čupkanje komadićaka žiličave zemlje. I odisaj strasti i instinkta presmagao, drhtav i glasan ide kroz vrbe, vozi se kroz mir uspavanih vodâ..... .

- I koliko večeri, koliko li noći! - namitalo mu se sada. - Koliko slatka, lipa, aj!... A žena je ona, žena! Radetova je! - korio sebe, zamišljao se u brak, mozgao o bračnim obvezama, o vjenčanju, o djeci, doumljivao kako bi bjesnio, tukao, ubijao, da njemu tkogod u ženu dirne.

- Uh, ja kad bi imao ženu... ko bi prst samo metnuo na nju - odma bi trunuo.

- A šta ti radiš? Šta ti radiš s tuđom ženom? - pitalo nešto u njemu. Tako mu se mnogo puta dogodi. Tek ga najednom nešto upita. I on, kao čuje glas, a nigdje ni žive duše. Svagda pak poćuti, pa i sad je poćutio, da se tu radi o opstojnosti nečega u njemu što se diže nad njegove misli i što sudi o svim njegovim činima. Njemu je to bilo nejasno, nerastumačivo, ali je ćutio da opstoji i da ga nikad ne ostavlja. Je li to duša, je li razum - nije znao reći. Jer on je sebi i razum i dušu predočivao kao nešto jedinstveno, cjelovito. Njemu je to, razum i duša, bilo - krv. I umiranje čovječije on je vidio u ohladnuću krvi. Krv mu je bila pokretač života. A o duši samoj šta da reče...

- Duša! Kakva duša!... Gdi je duša u čoeka! Da čoek ima dušu - ne bi krao, varo, lagao, otimo. Pa zar bi i umro! Ovako, što dođe pod zemlju - to je sve, sav čoek. A to se ismrdi, izgnjije, istrune, nestane i ništa ne ostane.

Sad kad je i opet čuo to pitanje u sebi, to: »Šta ti radiš s tuđom ženom?« - poćutio je lak drhtaj, prenuo se i potišten se osjetio. Osam se mjeseci voli s Ružom, varaju joj muža, Radeta, skrivaju se kojekuda. A zašto? Šta je to da su taki? - Šta? - Krv.

Tako si je svagda pa i sada odgovorio. Nego, to ga nije utješilo. On je ćutio da to nije pošteno, da je prevarenom teško, da su njegovi užici muke za prevarena.

- A on, Rade, on sumnja. Sigurno! - vjerovao je. Jer kakav je eno Rade kad on pohodi njega kod letava. Kako ga mjeri. I nju, Ružu, kako motri. I kako se stuži kad njih dvoje veselo i ohitro uzajedno odlaze natrag, u selo. Mora sumnjati kad ih vidi tako često uskupa, a oprijateljene, pritajeno radosne.

- Ali kaki je on čovjek baš! Nikaki! - vidi se Đuki. - Slabićak!

- Kako samo govori polako - spominje se Đuka. - Uvik izgleda ko uplašen. I boji se mene - sigurno. A ja ga opet i udobrovoljim - i on se sjeti kako Rade postane odmah razgovorniji čim mu pruži svoju duvankesu s duvanom, a kad ga još pozove na koju čašicu u birtiju pri susretu u selu - onda eno sav blažen bude u licu i hvali njega, Đuku. I po sto puta mu kaže da bi za nj svašta učinio, krov i uzglavlje podijelio. I eno ono jedanput kad ga dobro opio, u birtiji »kraj crkve«, Đuka dometnuo:

- I ženu, Ružu, podijelio bi sa mnom, a?...

- I to... i nju. Da. Bi, za tebe bi, boga ne vidio! - preklinjao se Rade. I mnogo toga još padalo Đuki na pamet i pomalo slabilo osjećaj da je ta njihova voljba nepoštena. Đuka je mislio i ovako: Neće li on, naći će se tkogod drugi. Pa zar to nije svejedno za Radeta? A za njega? Ovako uživa. A godine idu, i samo će najednom doći te neće biti ni za što. Zato sad barem živi. I poslije svega toga promišljanja onaj stari Đuka, onaj Đuka iz dobi momaštva, nadvisio i nadjačao onog drugog što je vidio u voljbi s Ružom nepoštenje. Pa kad malo potom, s prvim sumrakom, došla Ruža, on je skočio s postelje, digao je na svoja prsa i pritisnuo uza se sa strašću koja je bila jednaka onoj kojom je ispijao čaše i lomio staklad po birtijama. I cjelivao je i ogoljivao sa zanosom koji je bio jednak onomu u kojem je mnogo puta - raspaljen tužnim i ciktavim strunama ciganskih egeda - bacao mnoge krune i forinte od kojih je svaka predstavljala čest njegova imetka, mjerov žitka, četvorni metar djedovske grude koja ga othranila...

Iz sobice su izišli kasno, u dubok mrak... Od sela nekojega brujali tugaljivi i mračni jecaji napukla zvona kad su pošli puteljkom što napoprijeko vijuga preko livada pod Hajkom i otiče prema selu uporedo s dubokim odvodnim jarcima. Niz ravan poplivale duge sjene, krstarili doglasi, strujao tihan hladak i dizao se svjež zapah snažne zemlje. Mirisi polja i livada ćutili se svuda, tekli od svih strana. Iza njih daleko budila se i prva pjesma u nujnoj melodiji, pjesma konjara. Čulo se i kako se sukobljuje u zraku, uvrh njihovih glava, sa razbivenim cinkajima zvona. Ko da se to sudaraju disonance licemjerja sa samim životom zanosa i čeznuća koji u djedovskoj nujnonježnoj melodiji klikće i prisiže da bi trgnô s neba sunce i srce iz grudi, da ga dika sa svog krila poljubljaji budi...

XI

Voljba Đukina s Ružom našla se ipak pri svom svršetku. Kako je to došlo, nije ni samomu Đuki bilo jasno, iako je s dana u dan gledao kako se otkida komadić po komadić iz onih osjećaja koji su mu ustreptavali srcem, zanosili njegove misli, palili strašću njegovu krv. On je malo-pomalo uviđao kako Ruža nije ni drugo ni više nego druge ženskinje. Opažao je da ima neke mane, da joj jedan zub krnj, da su joj grudi prevelike i opustite. I meso u nje - ko u sviju žena. Činilo mu se da strast koju on u njoj uspiruje, podoban je i svaki drugi muškarac uspiriti. Ćutio je da će ona u toj strasti, kako njemu, tako i drugomu muškarcu tepati navlas iste slatke riječi, isto mu rivati prste kroz kose, isto ljubiti usne, isto predano i prepušteno davati - upravo nuditi - sebe. On je doumio i sve ženskinje da su takove, da su slabe u tomu, pred nagonom. Onda, konačno, jer se svednevice izražaji te volidbe opetovali i ne dolazilo ništa novo - ćutio je Đuka umor nekakav. Prezasićenost. On je znao nju cijelu, svaki zavoj njenih oblika, svaku stranicu njena duha, pa kako ništa već nije imao tražiti, ništa otkrivati, ništa predobiti - bio je sit. Ta ćut sitosti prevladala je u njemu čuvstvo bliskosti, dopadanja, navike na Ružu. Štaviše, vladala je i nad instinktom. Gasila je žar. I dugo se Ruža već trebala razmiljavati oko njega dok bi joj uspjelo probuditi njegovu strast. Dalje, on je vidio kako kraj njega dnevice prolaze tolike i tolike druge žene koje ni u čem ne zaostaju za Ružom, a on - iz obzira naprama Ruži - čestito ih i ne pogleda, a kamoli šta više. One pak i kako još umiju zagledati u njegove oči, trgnuti obrvama, vrcnuti se u struku. Ta zar je jednoj samo u očima pročitao: »Šta, zar ne bi i na me pogledao, dođi malo na razgovor... kaži riječ... dvije... sporazumjet ćemo se.« Kod nekoje te nekoje čitao je i ovo: »Ne znam te kaki si... bećarski izgledaš... a to ja volim... daj zato šaputni koju, zahtijevaj, išći, nisam ja sveta, ne misli...« A to - ovo on nije mogao održati. U njemu je bila šokačka krv koja ni u šta ne tone duboko nego teži i hlepti za što češćim promjenama, leptirskim oblijetanjem. A onda svaka ženskinja ima nešto nepoznato, skriveno, vabljivo. I to loviti, otkrivati, to je slast - mnio je Đuka. Kod Ruže eto nije ništa nepoznato i zato ju je počeo napuštati. I ona je sama popustila; zasitila se. Još je trebao samo kakav prividan razlog, jedna izlika, i sve je - prelomljeno. Izlika se uskoro našla. Zastao je jednoč gdje govori s nekim momkom u predvečerje, na poljskom putu, među grmovima. I više je nije pogledao, nego odmah uzeo namigivati s drugima. Odmah je i zaboravio sva ona oblagivanja koja su kroz sate znala silaziti s njegovih usana; i ono se utvaranje o ćutnji ljubavnog čuvstva prema Ruži rasplinulo kao da nigda nije bilo. Isto još veče sreo se sa dvije-tri snaše i svaku pripravio na mogućnost volidbe s njom. Jednu je nazvao »dušo moja«, drugu »srce«, treću »zlato« i svim trima - uz prodiruću, staklen pogled - šaputnuo još par drugih ulagljivih riječi: kako bi umro da ga ogrli, kako bi je nosio kao dijete, cjelivao kao sunce zoru... I uštinuo je - razumije se - svaku. Bez toga ne ide. I, nije li toga, ne vjeruju one riječima samim. A i drugačije treba znati kod njih... Treba im se posve približiti, stati nogom na nogu, glavu malo kao prignuti, huknuti na poseban način, nekud kao suho nakašljati se, mignuti jednom obrvom, okom kako poškiljiti - i već tada strasna žena sela sve, doslovce, razumije. I djeluje na nju to. Đuka je pak umio to kao nitko valjda. To zato što je bio čovjek bećar, reći će, čovjek koji ne haje za mučne i teške poslove nego se daje na redovito pijuckanje, vazdanično ophađanje šorova i kuća te na ljubakanje, oblagivanje žena. Ljudi-bećari se razumiju u svašta, ne rade ništa, sve im je bescjeno i sve izrabljuju tako da se naužiju. Svirka, naročito ona ciktavih ciganskih gusala, naprečac ih i trijezne omamljuje. I jogunasti su... U svom jogunluku i svojoj bećarskoj silovitosti katkada ni za život ne mare. A takovi ljudi bude drhtaje u slavonske žene, osvajaju nju lako, bez borbe. Ta svaka ta žena usisala je s prvim pričama bajovitu veličinu takovih bećarskih individua; tu veličinu ona je neiskorijenjenu čuvala kroz svoj životni razvoj; u petnaestim-šesnaestim godinama požudno je upravo pila sve izrađaje bećarstva koji protkivaju tisuće i tisuće narodnih popjevaka Slavonije. A onda još kolo, divan, prelo, poklad, prepuštenost ženskinje samoj sebi - i to je nešto posve jednostavno, obično. A Đuka je Begović dalje uz takove eto živio žene... Prirodna bistrina njegova razuma kao da je potamnjela. Činilo se barem da se smutio i pod teretom - vidjelo se - ćutio se nekim. Ispijen užicima bluda i mamuran dizao se dugo poslije sunca i s nerazmještane postelje, krmeljiv protezao se na časove, mrzovoljno i tupo gledao oko sebe za svih jutara. Gipkost se u njegovu tijelu posve izgubila. Ruku je teško dizao glavi, napô mučno nazuvao opanke. Koraci njegovi i u praznoj sobi nisu odjekivali već kao nekad. Nije ih se već ni čulo. Kao da su ženski. Kadgod opet odjednom bi se u njemu probudila nekakova žalost. I onda je žalio a da nije znao za čim. Nije znao da li žali što život prolazi, ili što imetka nestaje, ili za čim li to.

- Kako mi je to, kako?! Uh! - govorio je onda u sebi.

- Viš, bože, viš li! - uzdisao.

I onda ta kuća u kojoj je eto on sam samcat, dojadila mu. Velika prednja soba sa tri stara škripava kreveta i jednim stolom, sa dva pendžera u pročelju i jednim samcem - činila mu se nekako tamna i mračna i u pô dana. A kad god bi pogledao na klupu u pročelju stola, sjetio bi se i oca Šime. Tamo je onaj uvijek sjedao. I po ručku eno, ne dižući se, vadio iz njega spretanj sačuvanog domaćeg duhana, sitno ga rezuckao na stolu, izrezuckan kupio među prste desne ruke i turao u lulu, a zaostalu prašinu sebi u nos. Od te je prašine redovito kihao i po kihanju savršeno ozbiljna lica govorio:

- Ah... ah... fala bogu... to je zdravlje!

Onda je pušio po pô sata, po jedan sat, i kao prodremljavao uz rastvorene oči s rukama na trbuhu. Tako, kod stola, nije kamiš lule nigda vadio iz zubi. Rijetku slinu puštao je da otiče na otvor pri okrajku usana. Nije brisao ako mu je kanula na bradu ili na odjeću.

To sjećanje nagnalo bi Đuku da baci pogled i na nasive duvarove sobe. Tamo vise već trideset godina iste slike na staklu. Majka božja, sv. Đurađ i Šimun, Posljednja večera i sv. Grob. Eto te slike je njegov ćaća Šima češće dnevice pogledavao i pri tom ispuštao neke uzdahe pod silu, da to Đuka nikako još ni danas ne može razumjeti.

- Čemu li je to bilo? - nikako Đuka da shvati. Konačno Đuka ne može još ni danas da shvati svoga oca Šimu i u drugomu. Eno, taj je Šima psovao ko svinjar, i tek što opsuje štogod gadno, već se krsti, tj. samo napol se krsti: na čelu i na prsima, sašaptiva zaplašenim glasom:

- Oprosti, Isuse...

I odmah po tom iznova psuje...

Kad bi se za tih jutara Đuka nasjećao ćaće Šime, nagledao te njemu mrske sobe, izišao bi na avliju i bez misli pogledao okolo-naokolo. Po tom je iz navike odlazio u štalu, iz navike, a ne radi toga što su konji gladni, hranio konje, i iz navike odmah odlazio u birtiju da ubije mamurluk i da se osnaži. Tamo je i ručavao i večeravao...

Međutim, u te dane bezobzirce su stizale kojekakove odluke od suda, navještale se pljenidbe pokretnog imetka, javljale uknjižbe na zemlju i kuću. A on - Đuka - kao da ga se i ne tiče. Izgubio je osjetljivost za to. On uopće nije više mislio o tomu što je to vlasnost, imanje, imetak, što je to zemlja, ona zemlja koja prehranjuje. On je samo još znao za novac. Taj je imao za njega veliku jednostavnu vrijednost zgodna sredstva. Bio je i nasmijan, ćutio se ponosan i ohol, prividno sretan uza srebro ili banku među prstima. U novcu je vidio dobre večere i ručkove, vino i drugo piće, otkup čara i stida mnoge žene, poniznost svakoga birtaša, odobravanje - na njegov račun - opitih suseljana, oklopavitih kapa, kimavih glava, tepava jezika - pokornost svakoga svirača. Pa i ista zavodljiva i sumorna jeka, kao i bijesni ciktaji, sva ona razuzdana glazba ciganskih egeda, sve plazi pred njim, slijedi svaki njegov mig, prati svaki njegov osjećaj, razumije svaku njegovu želju. Sve to kad je novac među prstima!... Novac!... Đuka je znao da njegov nehaj i visina s koje razbacuje i troši novac - spliće duž njegova sela cijele pripovijesti, obavija njegovo ime prijekorima i psovkama, djeluje da se na njegov život upire prstom pouke i govori: »Evo, viš ga, viš Đuku Begovića... Eto, ovako ćeš i ti; samo nastavi kako si počeo...« »Ovako ćeš propasti, biti na robiji, bećariti se, rasipati, rasuti i crći pod - tuđim plotom, ko i on što će«. Nego, on je znao da se budi u sviju i divljenje, začudnost, što on tako može. I jakost se onda nekakova, znao je on, pripisuje njemu, i domeće se još štošta što ga - ma i po zliću - čini daleko višim od drugih ljudi.

To je sveuskupa bila posebna vrsta slavohlepna čuvstva od kojeg se bez sustezanja dao voditi raspuštani Šokac kakov je bio on - Đuka. U njemu se to već tako duboko uvriježilo i rastočilo se kroza nj svega, da nije ni zamisliti bilo e bi ga nešto preokrenulo, svelo na drugu stazu, povelo za drugim ciljem. Premda on nije cilj ni imao. Šta će njemu cilj?! Gdje je uopće u Šokca cilj?!... Nemar Šokca ne da nijednom da pomislima svojim utvrdi neki stalan cilj za sebe. Oni sve puštaju na: božiju volju. I Đuka, zar je on ikad živio za sutra? Ne. On je znao samo šta je to: danas, i onda i opet: danas. U tomu »danas« njemu je nad sve bio zahtjev srca i krvi. Bio je taj i nad običajima koji su svagda za Šokca nad zakonom. Filozofija sviju seoskih šokačkih duša ima svoj početak i konac u zadovoljstvu. I to: u zadovoljstvu bez obzira na njegovu kakvoću. Zadovoljstvo je njihovo, lično - kažu oni - najveća sreća. Pravda, moć, bogatstvo, ljubav, sloboda, sve to manje je od zadovoljstva. I besmrtnost - kad bi u nju vjerovali - bila bi im manja u cijeni. A šta oni misle pod zadovoljstvom? - Misle... i zadovoljan zijev, po volji probećarenu noć, sladak tren bludnoga užitka. I kakovu naivnu ili glupu težnju, basnoviti, izbajani život bezbrige i slasti!...

Dakako, i Đuka je - kako to i drugi Šokci - ponajviše precjenjivao sebe. Tek ponekad trglo bi se u njemu nešto i kršilo tu samouvjerenost o moći njegove volje i on bi šutke i pred drugima priznavao da nitko ne živi po svojoj volji nego da je jedan život ovisan o drugomu, jedno zlo ucijepljeno drugim zlom itd. - Svi smo mi - vidjelo mu se onda - povezani jednim koncima, utkani u jednu pređu. Dok se jedan koprca da mu bude lakše i bolje, dotle drugi i izdiše. Jednom je samo onda dobro ako jaši na kičmi drugoga. Pa on i - jaši. Eto. To je to!...

Ovakovo nastrojenje držalo ga kroz sve zadnje dane. Ćutio se slab, nemoćan. I umišljao sebi, u mnogim časovima samoće, u doba prekinuta sna, pa čak i posred najveće vike u birtiji, kako je njemu rukom sudbine odbrojen svaki korak i dah.

- I kapi koliko 'š popiti određeno je. I crći gdi ćeš - zna se. I svaku travku, svakog mravka koje ti je pogaziti - postavit će sudbina pod tvoje noge. I pogazit ćeš!

To nastrojenje nije ga već puštalo; zabanovalo u njemu. Nigdje nije mogao naći mira, spokojstva. Iz birtije je letio kući, od kuće u birtiju ili na divan ili baš i u čije gumno na domjenak, volišanje s kakovom snašom. I dok bi obuimao rukama kakovu ženu punu mesa i cjelivao joj požudno usne, i onda bi ga tek potreslo to... ta pomisao o sudbini.

I strah bi ga nekakav podilazio. Vidio je da u njemu osim njega živi još i nekakav plašljivac koji pomračuje njegova čuvstva, oduzima snagu njegovoj misli, grči i okiva njegovu raspasanost i naučenu širinu života. A seljani opet samo su najednom vidjeli da se Đuka nekako i opet promijenio. Mučaljiv, namrknut, pognute glave, uzirkanih očiju išao je u polja i livade. Tamo su ga sretali i čudili se. Počeli su sumnjati o njegovoj pameti. Mislili su da ga napada ludilo. I u šumi ga katkad tkogod znao naći. Leži gdjegod pod kakovim hrastom. Spava, šta li. Nepomičan je... Međutim, on nije ludovao ni najmanje. On se samo mučio mislima o svojoj sudbini. Nekakova pečal zgrutavala se u njegovu srcu, tištala ga i vrijeđala poput rane. Na mahove podilazila ga i nekakova pokajnička čuvstvovanja. Predbacivao si svoj život, mlitavilo, opijanja i ljubakanja. Vidjelo mu se da si svagda čini on sâm tek nažao, nikad u korist.

- Zašto nisi uredio život ko i drugi ljudi, tvoji parovnjaci? Zašto? - popitkiva sebe i odgovara, bolno si predbacuje: - Zato što si sav zao i lud. Eto - najveći tvoj dušmanin ti si sam!...

Onda se sjeti Đuka i svojih drugova od djetinjstva.

- Eto, viš, oni! -

To ga više no išta boli. Zavidi im miran, spokojan život. Oni žive poženjeni, uz djecu i rad, brige i skrb. Eno Bana Benića, Toma Subotina, Marka Šarića! Svi ti žive tako! Slažu se sa svojim ženama, rade poljske poslove, jedu, spavaju. Večerom se okupe dvojica-trojica sa ženama u jednoga pa se zabavljaju razgovorom, šalama, pričama. Dogovaraju se isto o zajedničkim poslovima, skivaju namjere kojekakove, razmišljaju o zaslugama. A on - eto on to ne bi mogao, on to ne može, pa da ga ubiješ! Oni su kadri prosjediti cijelu večer u kući za ognjištem, ili u sobi za trpezom ili u kiljeru na sanduku sa samom ženom, pa mirovati, ne raditi i ne misliti nego tek spokojno zreti u kakovu točku, u trepav plamičak ognja, u trak mjesečev što se pokradiva kroz prljavo okno na razrovano tlo sobe, na raspucalu i izrezuckanu dasku trpeze, na lik, skroz-naskroz poznat lik ženin. Oni mogu, njih dvojica, trojica, prosjediti cijelu večer i kartati se na kukuruzna zrna i šibice dapače s ozbiljnim licem i s oduševljenjem. Oni mogu to činiti ustopce jedan pa i mjesec dana i ne znaju šta je to dosada, grižnja, nezadovoljstvo, nemir. Oni i svoje žene svednevice grle na isti način, iste im onda govore riječi i nikokove promjene porivâ u njih, nikakova oslabljenja strasti, nikakove težnje za novim, drugačijim užitkom. Njima žene ne trebaju ništa laskati, ne trebaju se uz njih razmiljavati, nego i uz šutnju oni žive svoje noći po jednoj navadi, po jednom stalnom redu. Oni razlikuju i dan od dana. Za njih opstoje sveci i nedjelje kad se ljepše oblače, bolje jedu, ništa ne rade, idu u crkvu i pred općinu. Njemu je pak svejedno kakav je dan; on se nosi jednako, jednako jede, jednako ne radi. Oni poštuju starije u selu, skidaju kape pred gospodom iz općine, zapinju u govoru kad su u općinskom uredu, a njemu je svejedno što je tko, on ne zna za poštovanje, ne poštuje nikoga. Njima ne trza ništa tako očajnički kako njime. Njima nijesu noći tako užasne kako njemu. I dani im u poslu i znoju idu brzo. A njemu? - o slabu snu ili i besnene noći prezaja i prisnivanja, sa bogzna kakovim mislima, teškim ko olovo, mračnim ko ona tama što se obavija oko postelje i njega. Dani opet dosadni i dugi. I ne zna drugo nego da dosadu zapije vinom, dužinu skrati do skrajnosti glupim birtijskim razgovorima, rječkanjem i zapisivanjem, pa i kartanjem na novac.

Dalje - uz to ovakovo tmurno proživljavanje dana dolazilo mu i zanovijetanje babe-Mare. Uzela ojednom često zalaziti k njemu, a sa Smiljom. Dođe, pa mu ne prestaje govoriti o tomu kako bi se imao pobrinuti za Smilju, za njenu udaju.

- Eto, cura je ona potpuna. A tko će nju bez ičega! A ti - rasipaš, misto da i njoj nešto odrediš. Dugovi se gomilaju i samo će sve razgrabiti - drugi. - Nije ga psovala i ružila radi njegova nerada i rasipnosti nego se samo skrbila za Smilju. Ružiti Đuku nije se ni usudila. Znala je, bio bi je kadar baciti iz kuće. A onda, ona je, kao i sve selo, jednostavno obračunala s njim. Cijelo je selo bilo uvjereno da njemu nema već popravka, da njemu ne hasni ni o čemu govoriti; jer onaj koji počne kao Đuka, da i hoće, ne može natrag.

Đuki se zahtjevi babe-Mare činili posve opravdani i obećavao je da će se pobrinuti za Smilju. Ali - nije se pobrinuo. On je bio i odredio sve kako će izvesti. Rekao je prodati svu zemlju koju ima, podmiriti sve dugove i što ostane novca, to će dati u štedionu za Smilju. Zemlju je računao na tri tisuće forinti, dugove na dvije tisuće. Ugovorio je bio već i dan u koji će poći općini napraviti ugovor s kupcima koji mu se već godinu dana nude. Ali kad je došao onaj čas i oni došli po njega, uzbjesnio je. Vikom i psovkom oborio se na babu-Maru, na Smilju, na kupce. I istjerao ih iz kuće.

- Gavrani! Da, da, tilo bi vam se tuđeg imetka! Ali - nećete! Lopovi, ajduci, dušmani!...

I onda opet prođe par dana. A baba-Mara i opet dođe. I opet počne oko njega milo i blago...

- Ej, sinko moj... ta »muntat« će te... Oće, čula sam...
- Pa? -
- Pa će propast... otić će zabambajdava...
- Pa?
- Pa eto bubnjaju već po selu...
- Pa!
- Zato sam došla. Smilja...

Ali on joj ne da dalje.

- Pa! Uh! - uskriči, usopti se i oči mu se zakrvave. I onda upravo u namjeri da je otjera - uzmahuje rukama, dreči se i psuje kao svinjar. A sirota baba-Mara samo se krsti i pobojava, i polako uzmiče na vrata. I ode... I tako dva-tri puta bilo...

On, Đuka, »jedinac« Šime Begovića, uviđao je da će za nedjelju-dvije, šta li, doći do toga: ili prodati sâm ili će prodati sud. Znao je i da bubanj šorovima javlja prodaju, vidio je i oglase pribijene na čelu kuće i na vrata općine. Ipak nije se skrbio ni brinuo. Odbacivao je i tiskao namisli o tomu, nijekao je upravo tu prodaju pred samim sobom kao što mladi umirući život niječe misao skore smrti. Bilo mu žao rastati se sa zemljom. Najednom je oćutio neku ljubav za nju. I nije to bila toliko ljubav koliko dosebnost i ponos koji bi prodajom bio gotovo ubijen. Ta on onda neće moći niti reći kako dosada:

- Eno... eno je... zemlje... Ona 'rani. Još je nje - još sam gazda. - I ni na jednu brazdu, ni na jedan razor, ni na jednu busicu neće moći uprijeti prstom pa kazati:

- Eno... to je moje.

- Pa ni hlada neće imati - mislio je - u kojem će počinuti, ledine na koju će se zavaliti. - Konačno on je bježao od misli prodaje i stoga što bi ga to dovelo do priznanja da je eto tu rođenu zemlju zapio, zajeo i rasuo. U takovom duševnom stanju često je išao sokacima, zastajkivao na trenove, zamišljao se. I unišao bi ma komu u kuću, posjedio par časova, i naprečac odilazio. U razgovoru je bio smeten; prečuo bi tuđe riječi i odgovarao ma šta, i ono što ga se nije pitalo. Ljudi s kojima se sretao većinom ga nagovarali sažalnim glasom. Sućutno bi uspitali:

- Kako, Đuka, sinko? Bog će već...

- Šta Đuka? Štaa bog? - otresao bi se on. - Ništa!

- Otugaljivio si, velim...

- Nemaš ništa velit! - zakričao bi i kao podboden odilazio dalje od začuđena čovjeka.

U te dane još nešto došlo... Uzeo kraj crkve prolaziti. Sve po nekoliko puta na dan. Kao da bi htio u nju a ne da mu se, ne da... I sve ga nešto u njemu na boga podsjeća, opominje ga na moć njegovu. Jer čemu su crkve ako nisu za utjehe željne?! Ali kad je on bio u njoj? Kad se vjenčao, onda. Odonda ne. A sav je odavna potreban utjehe i umira, željan spokojstva i pouzdanja. I sad - mislio Đuka - tu je crkva, ona crkva u kojoj je on već bio naučio gledati zdanje otkuda njihov seoski župnik šiba njemu nepoćudne ljude, psuje one koji nisu platili lukno, grdi mladež, zgraža se nad kolom i divanom, kojima se - veli - rasađuje zlo i blud, pa sad zar da on u toj crkvi - utjehu traži?! On, Đuka Begović!?... To mu se vidjelo naivno i smiješno, njemu ispod časti. Ta kakovo bi samo lice napravio pop kad bi ga opazio gdje kleči kao bratimak. Pa i drugi bogomoljci, babe i strine, šta bi?!... Zato Đuka se ne da nagovoru, neće on to.

- Nhm!

XII

Jednog jutra ipak, tko ulazi u crkvu? - Đuka Begović! Upravo on. Bila baš jutarnja služba... Odmah se i šapat baba pojačao. Dojavljivale si taj za njihovo selo nečuveni događaj i već unaprijed uživale na zgodi koja će im pružiti građu za razgovor od jednog cijelog dana.

Đuki Begoviću bilo smiješno, neugodno i mrsko čim je stupio u crkvu. Čisto je hotio odmah natrag. Ali da, šta će sav taj svijet na to!... Težak mu bio onaj mir zrakama istkane polutame i u oči ga bole one tri-četiri drhtave svijeće. Sjedne u zadnju klupu... Prekrsti se. I ostane tako. Molio nije. Samo je gledao. Buljio je... Najprvo mu pođu oči po oltarima koje pokrivaju bijeli oltarnjaci s izrupčanim čipkama, pa po kandilima koja vise na jedečićima i lako se, jedva zamjetljivo, njišu. To ih je zanjihao pri napaljivanju zvonar, a ona se još nijesu ustavila. Možda ih taj nije baš htio zanjihati, ali sa svojim drhtavim rukama nije ni mogao drugačije. Zvonara, Mocu, pozna Đuka. I baš zato što ga pozna došao je Đuka i na to da Moca nije baš trijezan bio kad je zapaljivao kandila. Ne samo Đuka nego i cijelo selo znade da Moca danomice nosa po polićak rakije u džepu. A znade se i to da on pije i ono vino koje se za prikazanje kod službe božje upotrebljava. Mnogo puta je radi toga došlo do vike u župnom dvoru. Ali Moci na koncu konca župnik ne može ništa. Ta zato što Moca znade župnika kao sebe. Znade sve tajne onih dviju-triju soba u župnom dvoru gdje se ne ispovijeda samo nego i.... Zatim pane Đuki oko na svijećnjake, slike, kipove i kipce. Svi su mu poznati; neki još iz maloći, a neki - koje sad prvi put gleđe - iz seoskih razgovora. On znade točno tko je koji kipac nabavio i darovao za spas duše svoje. Crkva na primjer, zna on, iz svojih novaca tek je jedan kupila. Svi drugi darovani su od raznih udovica koje ostadoše zadnje i jedine na velikim imecima, bez potomaka; jer mnogo začeše, ali ništa ne rodiše. Te koje su se u mladosti potprezale visoko, srozale se u starosti nisko, pa tad što će nego kupuj kipce i diži oltare! Đuka ugleđe i onaj stari kip svoga sveca, sv. Đure. Sjeti se kako ga otac Šima dizao k njemu, a on spuštao u lemozinjak krajcare koje je poljubio s obje strane. Sjeti se i kako je cjelivao kameno hladno podnožje kipa i slušao, s nekim trepetom u srcu, vječno mamurni glas oca Šime, kako njime zašaptava:

- Pomozi bože i sv. Đuro mom jedinku, tvom imenjaku, da... u dobru poživi... Blagoslovi, Isuse! Blagoslovi, Gospo!...

A njemu to, onako malu, znalo biti i te kako drago. Uzdanje je neko tim dobivao. I veseliji je postajao. Porastao nekud... I istom gdjegod u kući, u sobi, danju ili noću tek se eno sjeti onog kipa s posebne vrsti kapom - seljani svagda kažu: »gvozdena kapa« - s dugom čakljom, šta li tamo do petnaestih-šesnaestih godina, uvijek je ćutio sigurnost za se i za svoj život u misli da je pod okriljem sv. Đure koji je ubio aždaju. Tek taj isti kip već mu nije budio onih misli... Sve što je na njemu taj put ugledao: bile su niti prašinom odebeljene paučine i odlučan a smjeran izražaj lica. Aždaju nije ni zamjećivao. A onda njegov pogled išao je i dalje... Kroz cijelu crkvu. Tek eno ga upire oči u svodove, u naslikane svetačke glave s bijelim bradama, u luknje kroz koje su provučeni jedečići kandila. Gleđe on i onaj stariji seoski svijet, babe i nekoliko staraca, kako kleče po klupama i mole u glasnom zapijevanju:

»Zdravo, kraljice, majko milosrđa...«

- Kako mi je to! - čudi se nešto u njemu, tako kao da još nikad do tada nije bio u crkvi, pa po prvi put prisluškuje tim strašljivo-tugaljivim glasovima slabih staračkih duša.

- Bratimke! Hm... - pane mu na um. I prepoznaje sve te seoske starice što dnevno u crkvu zalaze i mole.

- Eto!... A kakve su bile! Fuj! -javi se u njemu. Spominje se odmah i prošlosti pojedinih. Dvije trećine bile su za mladosti i snage - svačije, utirale su plod utroba, davale se za novac, za marame, za - slatkiše. To im on ne može da zaboravi.

I starije, znao on, o četrdesetoj, pedesetoj, još su znale svoj zanat voditi. Odbačene od ljudi iz grada i boljih sa sela, plele su mreže oko dječurlije, oko šesnaest-sedamnaest-godišnjih, i vucarile se s njima po živicama, po korovu, po polojima...

A sad - viš! Krunicu, i šakom u prsa! A mnoga još uvik po starom ide! - Između njih on odmah i vidi ovu i onu koja još i sad tako... A neke eno - zna on - bacaju karte, neke su ljekaruše bilinama i svodilje.

Kod pokrajnog oltara debeli župnik govori službu. I njega gleda Đuka. Čuje mu duboki mrmoreći glas što se u dosadnu ritmu odbija od svodova kao zvuk udaraca o prazno bure. Motri ljubičastu njegovu halju sa velikim križem na leđima, lijene kretnje ugojenog mu tijela i pogrbitu kičmu zvonara što tupo i kao papiga u visokoj noti izgovara latinske riječi. I čudno! Gle! Ne vidi on toga župnika samo kao svećenika. On vidi: čovjek je to kao i drugi ljudi. Ili baš i nije kao drugi?! Bit će da i nije. Kakovih je tu stvari, kakovih zgoda, kakovih djela! Kakovih prljavština! Đuka ih napamet znade. Kao Očenaš!... Eno, dolazi mu, spominje se Janje Iživkove, Kaje Nedićâ, Mare Kadićâ, cure Martinke, kćeri crkvenog tutora!

- Još dometni... još... još... još pol kile! - čini mu se razbira kroz beščuvstveni mrmor ugojena župnika. Tako se podsjeća i na žito za lukno, na plećeta, na drhtave ruke župnikove, kad odmjeruje kajmak. Spominje se i njegovih podvala nepoćudnim ljudima, njegova hodanja po sudovima, parničenja. Spominje se i kako ga ono nekad ljubio u ruku.

- Takog čoeka... ja! - otima mu se s ustâ i odurno mu. Ali onda i opet vidi: župnik je čovjek kao i svi ljudi. On nije ništa bolji od drugih, a zašto da bude bolji?!

- Zašto nisam ja bolji? - pita se Đuka i poređuje sebe sa župnikom i nalazi da je on sâm gori od svih u selu. I predbacuje si u duši što on to ide crniti pred svojim očima druge kad je eto on, Đuka, gori od svih. Šta su sve te bratimke i bogomoljci i taj župnik i Kaja Nedićâ, Janja Iživkova, Marta Kadićâ, Martinka ona - grešni prema njemu? Zar on nije onaj koji je griješio odmalena, opijao se i kleo, ljenčario i zavidio, oca Šimu napadao i vrijeđao, glavu mu razbio, u kaznioni bio, Marijicu - svoju ženu mučio, svoju kćer odbacio, preljubima tuđih žena svoj život ispunio?! Eto, zar on nije takav? I nije. I gori je on, i gori i crnji; gadniji! Onda mu se misao iznovice hvata župnika, predočava si njegov život u obilju, njegovu vlast koju vrši u ime boga i upita se: - Zar ti, Đuka, ta zar ti, arambašo, ne bi bio isto taki ili gori? Da. Bio bi - odgovara si - bezbroj puta gori bi bio. - Zatim se sjeća svoje neke rođače koja je došla eto tomu župniku na ispovijed u njegovu sobu, a on - mjesto da dade svoju štolu njoj na poljubac i da započne ispovijed - htjede djevojku, kad kleknu do njega, rukom za grudi.

- I ti bi tako, dušmanine, bi, tako bi!- 'Uljo nad 'uljama! - kune on sebe i gleđući u - treptavim svijećama osvijetljene - rubove oblika župnikovih osjeti kao pokajanje neko.

- Ipak svete on obavlja stvari! - stavi si pred oči Đuka. - Bez njega se ne rađa i ne umire! - Dakako za novce, sve on za novce radi! - A kako i ne bi? - Ta eto, dođeš se pomoliti za crkvu, pa moraš dati krajcar-dva, kojemu god svecu, mada taj tih krajcarica nigda ne vidi. Al običaj je to, pa šta?!...

Iz toga zaključio da i župnik treba da sve za novac radi; jer je običaj da se sve za novac obavlja. Danas nitko ništa ne posluje badava. Zanat je - zanat! - vidi se Đuki i mirnijeg srca motri naginjanje župnikovo nad veliku misnu knjigu i njegovo poklecavanje pred sredinom oltara.

- Oremus! - čuje - mrmori od oltara. Zvonarova se šija, vidi - još dublje savija, rijetke njegove vlasi potreptavaju na nekolikim zrakama što biju kroz prašna okna visokih prozora. Od bratimaka - sluša - ide sporo, dugačko otkidanje uzdisaja u skoro jednakim razmacima. Jekne eno i pokoji suhi kašljucaj. Čuje se i gdje pljuje netko. U njega pak - ćuti - prokradiva se nekakov nemir, pa bojazan, žmarci hladni i oštri. Pobojava se, plaši... Sluša i opet župnikov mrmor. Tereti ga taj... Čini mu se, poziva ga, grešna, da dušu ispira svoju.

- Kaj se... po-kaj se... kaj! - dosluhava se njemu iz mrmora latinskih riječi službe.

Teško mu. Osjeća, i znoj se već sabire po čelu, i kaplja se po kaplja otkida, slazi niz nos, teče preko obraza. A u srcu kao da ga grč obuzeo. A ono se otima. Zato mu eno kucaji sad snažni i bijesni, sad lagani, smalaksali. I zastaju... I misao... kakova se to misao javlja! Tko mu porinu takovu misao u mozak! Otkud ona? Šta hoće? - Najednom mu došlo pa je samo klekao i sklopio ruke. Oči mu zurile u bratimke onamo pred sobom. Onda je došla ona, ta misao...

- A da se ti, Đuka Begoviću, pokaješ, a?... Na proštenje da pođeš, šta? - Možda bog sve to još popravi. Jer, znaš, ipak, Đuka, ti nevaljalo čeljade, bog je - bog! - I svašta bi se moglo dogoditi. Samo se skruši, poljubi zemlju, izmoli, daruj crkve! Pokaj se samo, ajduče! Majka božja tebe će zagovoriti, vidjet ćeš!...

Eto - tako kazivala ta misao. I nije se dala odbaciti. Prilijepila se, zakvačila se o Đukinu pamet kao pijavica o nogu. Badava je Đuka odgnivao, badava ronio okom uokolo, ona ga se uhvatila kao pijan plota. I šta će on? - Popuštao je, razumije se. Podavao se toj misli, a ona ga ovladala kao san umorno tijelo.

- Možda... možda... Možda i jest tako! - išlo Đuki mozgom. Žmarci polako uzmicali, zebnje nestajalo, a po čelu znoj ugodno pohlađivao.

- Eto i ovi - bratimke i bratimci - svi će ti na proštenje. Idu spasavati sebe. Pođi i ti! - juriša ona misao. Župnik se okreće, sklapa oči, širi ruke, blagosivlje, bratimke se gruvaju u prsa, čuje se upravo udaranje suhim šakama. I uzdisanje ono nekako je udvostručeno. U Đuki olakšava... Iz polutame, sa onih slika s bijelim bradama, s kipova i kipaca, iz cijelog onog crkvenog mira - ćuti - povire neko utješno čuvstvo i s udisajima ulazi u njegovu grud.

- I ženu, Marijicu svoju, i nju moraš okajati. Eno, kako si je grizo, dušmanine, kako tuko. Tko zna, možda si i krivac njezine smrti!

- A otac Šima? A njegova ćelava glava? Šta, ajduče?! Pod tvojom rukom je pukla, kao lubenica, kao dinja. A Smilja, tvoje dijete, visi o tuđoj hrani, živi kako hoće. A ti se ni za nju ne brineš. Kao da nije tvoja. Viš, viš, sve to. Sve to okajati moraš! - zahtijeva ona misao i on joj već odobrava. Ne osjeća ništa protivu nje. Naprotiv, već zasniva i kako će poći i kada i kuda na proštenje. Ove godine će ići u Ilaču sve te bratimke.

- Eto, s njima uskupa možeš! Eto, lako to. Ilača je blizu. Nemaš učiniti gotovo ništa. Malo. I sa malo - spasit ćeš sebe. Velik je zagovor Gospe Ilačke.

Odluka je bila stvorena. I on, u ćutnji da već ne ima nikakova posla ni razloga biti u crkvi digne se, pođe do škropionice, turi šaku u svetu vodu, pokvasi njome čelo, smjerna izražaja u licu: prekrsti se jedanput, dvaput, triput; turi dvije krajcare u lemozinjak do škropionice i iziđe obodren s velikim uzdanjem u pomoć boga u čiju će slavu proštenje učiniti.

Na putu kući i do samog večera, pa i do sama zaspiva neprestano je razmišljao o proštenju. Stvar mu ta odjednom postala posve jednostavna i jasna. Čudio se kako se nije prije za nju zagrijao. Vidjelo mu se to sve jednim običnim poslom. Pomoli se, skruši se, podaj na oltare i crkve, zapali svijeće i eto te čista kao sunce! Divota!... I on se ipak sve dosada nije dao na to!... A već od maloći slušao je, treba na crkve davati, treba mise plaćati, svijeće paliti, ubruse poklanjati, dapače treba i velike, što veće zapise ostavljati; jer sve to bogu je dragom osobito ugodno. Tim se zasvjedočava i krepost i ljubav naprama Stvoritelju. To su i svi popovi, koje god je do danas čuo, sa propovjedaonica tražili od svoje braće, bogoljubnih kršćana. Konačno, on zna dosta ljudi u selu koji, grešni, ostaviše zapise i Svetoj zemlji i svetom Grobu u Palestini. Neki su čak i hodočastili onamo! Eno samo kad se on sjeti onoga Ive Živkova, koji je pješice klipsao od grada do grada i prosjačio, a konačno došo u Svetu zemlju i Jeruzalem.

- Eto, to je bilo proštenje! - mora da se zadivi Đuka. Pronalazi da je za taj put vrijedilo oprostiti i hiljade grijeha. I za sebe onda vidi... Vidi, on ima samo malo učiniti, malo se prignuti i saviti, koljeno nažuljiti i - spasen je. Moć boga postala je u njegovim očima beskrajno velika, ali i - eto još kakova! On je kao potajice licemjerio, po trgovačku nekud razračunavao upirući se na isto takove stvari iz svoje okoline.

- Kad mogu oni - mogu i ja! - išlo mu mišlju, i očito mu bilo da će biti samo na dobitku. Izgubiti ne može. Zato je odlučno uzeo provoditi misao proštenja zadajući sebe opsjenom da će se njegov um razbistriti, pa i imetak da neće baš tako lako njegovim se izmaći rukama.

Sutradan pak moglo se vidjeti, Đuka Begović pobrzava sokacima, ulazi u kuće bogoljubnih ljudi, dogovara se s njima o putu i hvali moć i pravdu božiju. Isti dan uređuje i šta će sa sobom ponijeti i kako će se obući. Domišlja se i kako će zanosno pomoliti se u crkvi ilačkoj, umiti se u glasovitoj onoj vodi bunarskoj kao i kako će se udarati šakom u prsa, ići od oltara do oltara, podizati pokrove na njima, cjelivati pješčani maz pod ovima, poklecavati kroz cijelu crkvu i u svakom lemozinjaku ostaviti po par novčića. Ponavlja i odluku da će ponijeti sa sobom i dva-tri metra čista beza, jedan otarak i marijanske svijeće, pa time darivati crkvu. I laska si već nekud što će on to sve tako lijepo udesiti i namjestiti.

- Popustit će nebo, i joj - pouzdava se. - Kad sve to vidi - smilovat će se! Kazat će lipo: e, ovaj Đuka Begović, sin onog nesretnjaka Šime, iako bećar i 'ulja, iako je rasulović i razmetljivac i pustaija, i čoek je on! Gle ga, viš, šta taj posnaša u slavu božiju! Nije on ko njegov ćaća Šima. Vridi oprostiti, vridi...

I za opskrbu se Đuka pobrinuo. Kod bab-Mare pozajmio čitavu šunku i naručio dvije pogače. I govori njoj:

- Tako to, bab-Maro. Okreću se ljudi... Svaki se čoek okrene i pridrugojači. Griši i griši i griši i onda najednom dođe mu, u njemu se rodi... pa kaže: Što si - to si. Sad - huja! Klekni i poljubi zemlju! Okaj... I ja ću... Čim se vratim, znaj, znaj i to, prodat ću zemlju, a Smilja dobije svoje. Imam ja još srca! I dušu ću opet dobit, bab-Maro! Sigurno!

XIII

Dan je proštenja... Selom gotovo kao i drugda. Ista prašina; iste guske po šoru, isto crvenim kljunovima čupkaju travu i purjak; iste patke po baricama jaraka i po onima ispod drvenih stoput isprekrpavanih mostića; isti psi što se spretavaju i kutre po hladovinama plotova, a na prolaznike tek lijeno reže. Isto se otkida i onaj meki, bljutavasti plod dudova ispod nogu vrabaca koji u skupu polijeću s debla na deblo i živiču, čiče, perušaju se. I na potoku seoskome isto je gusaka i pataka, isto brčkaju, rone, poplivavaju, gaču i skiče. Na nebu, kao i u druge dane, naoko slični oblačići, u lakom vozikâju, osuti snježnom bjelinom, svjetlucavih rubova. Pred općinskim uredom, kao i svagda, dva-tri čovjeka, sjede, puše, pljuckaju. Samo od rana jutra nešto se više čeljadi vidi po sokacima. Tako nije svaki dan. I ustrkala se ta čeljad. Svaki čas udare pokoja avlijska vratašca. Idu to žene i babe koje neće na proštenje, proštenjarima, pa im isporučuju razne molbe i zavjete. Jednako i oko Đukine kuće... Bab-Klara Markeljina isporučuje komšinici Kaji Beretića molbu i zavjet. Dala joj i dvoje-troje jaja.

- Kokoši mi, ženo božja - kaže baba-Klara - neće da nose. Evo ponesi zato - veli - ova jaja. Daj i' blagoslovit svetom vodom i u Gospe izmoli milost. Izmoli da nesu. I kaži... reci nagodinu ću ja sama doći... A evo, prid tobom, rođenice, zavitujem se, znaš, bude li od pomoći - na dar ću i dvadesetero jaja dati. I sviću, sunca ne gledala, sviću - štono se veli: ko oklagija debelu - zapalit ću.

Onamo u drugoj, trećoj kući, mlađa i življa ženskinja Polka Adamovićeva razlaže svojoj strin-Ivki i isporučuje, neka joj izmoli milost da ne rađa.

- Imam te dičurlije, strina! - tegotno šapuće Polka. - Uvrh su mi glave!... Zato evo ti svića, evo tkiva što ga curom još sam tkala, dok još nisam rađala. Sve to prikaži dragoj Gospi na dar. I smirno, strin-Ivko, najsmirnije, kakogod lipše možeš i znaš izmoli i domoli uslišanje! Izmoli - sunce će me ogrijati - veli Polka.

Baba-Manda opet Šperićâ ne ide ni unutra, u kuću, nego kod komšinice Đukine Anke Šikićâ u sav glas kroz prozor, a u plačnom zanosu, slavi moć Gospe Ilačke, razlomljeno priča svoja proštenja i pogledava po sokaku da li je još tkogod sluša. Do toga je njoj svagda puno stalo.

- I ne samo to, željanice moja - govori ona Anki - nego čoek i svita vidi, napije se i najede, nasvetkuje... Kad smo ono u Aljmaš išle, mi smo u Vukovaru pile pivo, šarane i somiće jele i pečenje nekako fino... I na lađi smo se vozile... Eto - koliko je samo to!...

- I ne zaboravi - isporučuje joj konačno - bar »Očenaš« i »Zdravo Marijo« izmoliti. Za moju dušu, znaš, željo. I »Virovanje« jedno, ako moš ikako, a ja ću kod kuće devetnicu za moj dug život... Lipo je na svitu, dušo moja!... - Čekaj, dok samo tamo dođeš. Vidit ćeš, što j' to tamo svitine, bogo moj. I cil vašar ti je tamo... Svašta... I lubenicâ će biti, dinjâ... Mlada si, moš i poigrat... Bit će i svirke, znam ja...

Neke te neke opet daju prazne bočice rodovima i poznatima, da im s Gospina bunara donesu vode koja je sveta i ljekovita, pomoć u svim bolestima.

- Natoči - kažu takove - i u crkvu pod misu ponesi... I tamo neka bude blagoslovljena. Dvostruk blagoslov više vridi!

Nađu se i dvije po dvije mlade snaše pa gdjegod u kiljerku smataju nekakove trave, kosu i dijelove odjeće muškaračke itd. Krišom će to turiti gdjegod u kut oltara da tamo bude blagoslovljeno i posvećeno prenoćenjem samim. Tim će - vjeruju takove - dobiti moć koja će izvojevati ono što su one tim vradžbinama namijenile. Jedna vjeruje, otet će tim muža pijanstvu, druga: bludu, treća: postat će tim njegov gospodar, pa ga zaslijepiti i varati preljubima do mile volje. I tako dalje...

Kod Đuke Begovića zasjela baba-Mara i Smilja, pa mu pomažu spremati torbu. Isporučuju mu, razumije se, i razne molbe i želje...

- Osobito, Đuko, to pazi, velim ti - važno razlaže bab-Mara. - Prosvitljenje svoje pameti... to, to, to traži od drage Gospe. A i ono: »muntanje« da ne bude. Već, kako da kažem, da te rasvitli, da znaš šta ćeš i kako ćeš. I život dug poželi, sreću, novaca. Na Smilju ne zaboravljaj! Moli joj se za dobru udaju, za jedinca kakovog. Oko nje puno ih trče, al svi su ti jarcevi bogaljčad, sirotinja, boso'odci... Mene ope' ako ćeš, ako nećeš priporučit... Volila bi da me u molitvi priporučiš, ko službenicu božju, a za pet-šest godina produljenja mog življenja.

Đuka vas nekako uradošćen, a stihnut sa sitnim osmjejkom oko usana samo nakratko odgovara:

- Da, da, da... i to ću... i ovo...

Žurbom prehađa sobu, odlazi u kuhinju, vraća se, izvlači ladice ormara, snosi potrebne stvari. I obećaje:

- Tebi, Smiljo, donet ću štogod. Kaži: oš maramu, pregaču, šta li, a?
-

- Meni, sinko, kaku god sličicu, ili medaljicu - opominje ga bab-Mara - ili baš i patrice, volja ti. Na spomen, znaš, bilo bi...

Vani - čuje se - učestali koraci i potrk pokoji. Idu na okup kod crkve. Odonud odavna već plače zvono...

Bližnji rođaci i roditelji prate proštenjare i u sav glas i po stoti im put isporučuju prošnje i molbe. Samo se čuje:

- Ne zaboravljaj, nego točno, od riči do riči -
- Ta znam, znam...
- I »Virovanje« ne smije falit...
- Ta kazala si već...

Đuka se također konačno spremi, poključa sve zgrade i kuću, ključeve preda bab-Mari i upozori na konje...

- Na njih ne zaboravljajte! -

I krene se... Pred crkvom svijet u skupinama. Oko sviju bijele se torbe račanke pune puncate mesa i tjestenine s mnogom flašom vina i rakije. Muškarci imaju i kožnate torbe o ramenu. U crkvi ih također dosta. Tamo se govori poputna služba božija... Svršava se i ona... Narod izilazi... Tuna Ilijin, riđokosi starac, proštenjar sviju proštenja, izlazi s ovelikim drvenim krstom. On ga svagda nosi na čelu povorke. Tko da mu otme to prvenstvo! Već deset godina on nosi taj isti krst. I čini se, kao da i ne ide on za drugo na proštenje, nego upravo radi toga krsta. On svagda govori: velika je oto čast; pa i samo nošenje krsta pribavlja milost. Ima ih zato koji mu i zavide na tomu, tek ne usude se prisvojiti sebi. Znadu, župnik je uz Tunu kao ni uz koga u selu. Konačno Tuna Ilijin zna i s kolikim je to probicima skopčano. Isplati se... On nikad ne nosi sa sobom jela i pila. Njemu kao predvodniku svi daju. Daju meso, kolače; poje ga vinom, rakijom. A i inače uživa Tuna velik ugled. On pozna i u Aljmašu i u Ilači i u Judu sve kuće u kojima se zabadava ili uz jeftinu cijenu noćiva, dalje se pozna sa svim birtašima tamo. Razumije se i u naručivanje kojekakovih gospodskih jela i u drugo. On zna to kratko i bistro zaiskati: »dva šnicla«, »jedan rosbratl!«, »perkelt«, »crno pivo«, da se svi samo uskrste od čuda. - Ko gospodin, pa šta više oš - kažu mu proštenjarke.

Na krstu je - kao i svake godine - svjež vijenac od poljskog cvijeća i ruža. On ga drži visoko i izvanredno ozbiljno - ponosna lica izdaje upute oko sebe. Čini se kao neki zapovjednik pred čelom vojske.

- Udesno... još... još... Ti, Manda, Kaja, bać-Josa - onamo! Ta-ako! - ravna on.

Konačno kuca čas odlaska...

- Mir! - zapovijeda on.

Žamor, smijuckanje, razgovori, sve prestaje. Tišina. Izlazi župnik i blagoslivlje... Zvona zvone, brenče, ječe, zapomažu... Narod se tiska bliže župniku da ga zahvati prsk kapljica svete vode.

- Jere - šta 'asni, ne odeš li svetom vodom poprskan - kažu oni.
Ovako vodom posvećeni vrstaju se u nejednake redove i polaze s
krstom i župnikom na čelu uz brojne pratioce te glasno zapijevanje
litanija i podignutu prašinu. Zazovi litanijski jedva se čuju... Čita ih,
kao obično, djevojče. Ali zato odgovori bruje, čisto šume u visokim
glasovima...

- Kraljice proroka! - izbija negdje iz sredine sitno i zagušeno.
- Mo-lii za na-as! - ori sa svih strana u poniznom zanosu. Po
pendžerima puno glava; križaju se pred povorkom i udaraju u
prsa. Guske se sklanjaju s puta, patke zastaju u brčkanju i kao da
motre... I čude se... »Pa... pa... pa... pa-pa«... lagoljaju. Psi pod
plotovima i zalajali bi i ne bi. Neki su pripravni umaći i u dvorišta...
- Kraljice apoštola! - izbija dalje glas djevojački.
- Mo-lii za na-as! - odvraća stotina zanosnije i krepče, a zvona kao
da povlađuju i hrabre.
- Kraljice mučenika! - čita djevojka.
- Mo-lii za na-as! - zapjeva povorka zauzetno i gromko. Ćuti se,
pojedinci se natječu tko će bolje i jače zazvati, a čini se i svima
skupa nadglasati se hoće brenčaj zvonâ...
Eno i selu je već kraj! Evo zadnje kuće!... Župnik i pratioci praštaju
se od proštenjara. Župnik blagoslivlje još jednom. Pratioci
opominju proštenjare na obećane zagovore i - rastaju se. Župnik se
s pratiocima vraća, a proštenjari putuju prašnom cestom dalje...
Prašina se diže lagano, lijeno, redovi se raširuju i sužuju, pojedinci
mijenjaju mjesta, koračanje biva sve više nejednako. Žene i djeca -
bosi. Žene i snaše potprežu skuta, djeca podvikuju i potrkuju
unaprijed. Zvona se još čuju, ali litanije ne idu ni zanosno, ni
skladno.

- Kraljice bez grijeha istočnoga začeta! - čuje se dosta jasnije.
- Mo-lii za nas! - bruji rjeđe i slabije, sa manje topline i volje,
umorno, preko srca...
Uokolo polja s kukuruznim nasadom, vjetrić pirka, pohladiva,
daleko crni se šuma, oblačići po nebu stoje kao prikrpani, sunce
žari sve jače. Svračci lete preko ceste, vrane skaču po njivama, ševe
trčkaju po cesti. Proštenjari idu u obrzu koraku, znoje se, neki
zaostaju malo-pomalo, neki već i ne pjevaju. Konačno se javljaju i
glasovi da se prestane s litanijama.

- Šta ćemo tu pivat! Ko nas čuje - kažu nekoje.
- I je - tako je - povlađuju druge i ojednom usvajaju svi to,
napuštaju litanije i zabavljaju se drugim razgovorom u kojem je

lakše put prebrditi. Pomalo se i smijuckaju, dobacuju kojekakove dosjetke i ogovaraju kojekoga u selu. Neke zaostaju otraga i ogovaraju one pred sobom. Anka Šikićâ sa snašom-sekom Brkićâ upravo zadnje. Šapuću nešto... One su poznate kao najveće namiguše u selu. Mora da govore kako će zaslužiti novaca tamo gdjegod. Nisu one bambajdava navukle čarape iz rumenčaste vunice, u košarici ponijele rumenila i bjelila, ugljena za obrve, finog sapuna za umivanje.

- Tamo barem ima svakojaka svita. Zbrda-zdola. Pune birtije! Pa, da izbijemo barem kakugod 'asnu od toga klipsanja! - mora da misle one.

Tuna Ilijin ne drži već krst visoko nego ga naslonio o rame pa razgovara sa ona dva-tri čovjeka. Đuka se opet našao među samim ženskinjama. Uspripovijedale mu one o koječemu po selu, a on njima opet o iskrenom svom pokajanju, o milosti božijoj...

Prošli su prvo selo. Razgovor među svima živ. Viču. U jednom skupu kvače se dvije žene, ruže sebe i mrtve svoje, časte se gadnim izrazima. Žene i djeca zagrizaju pomalo u tjesteninu, muškarci opet ovda-onda gutnu iz polićâ.

- Ni željeznica neće nenamazana, a gdi bi naše noge. Ded, u zdravlje! - nude se oni i piju. Pale lule, cigarete. Razgovor im sve življi, a hod sve laganiji i laganiji. Umaraju se... Uz selo pred njima ide željeznica. I već eno vide se iza ravne ceste kroz jablane prve kuće, vide se i stupovi brzojava uz tračnice. Odmah se i govori o njoj, o željeznici. Baš kao i lane...

- Zašto mi ne bi željeznicom, čič-Tunjo? - obraćaju se na čič-Tunu Ilijina.

- Ne, ne. Ko j' to vidio! Kako je to proštenje! Gdi je tu pokora! Treba to nogom! - odgovara on. Međutim žene ne popuštaju. Već kako svagda...

- Ta de, čič-Tunjo slatki - tiskaju se mlađe oko njega - mlade će nam se noge zamoriti. A šta će iko znat! Zar ćeš ti popu pripovidat?

- Daj, mili čič-Tunjo...

- Daj, dragi...

- Daj, dragi...

- Al vi ćete izbrbljati, anđela mu...

- Ta, gdi bi mi... Evo platit ćemo za te i željeznicu, oš? - nude dalje. On popušta kad vidi da njega neće ništa stajati i konačno se to svršava kao i svake godine. U drugom od svog sela selu sjedaju na željeznicu i voze se pod samu Ilaču. Pred Ilačom udare opet u

litanije, kucanja u prsa, čič-Tuna opet drži križ visoko, pun
pobožnosti i dostojanstva, i eto ih - došli su...

XIV

Sutradan se Đuka Begović digao podosta tmuran i zamišljen. I nemiran je bio. Uzbunjivalo ga nešto...

Njih devetero-desetero ukonačili u jednom štaglju na sijenu. Na te svoje ležaje došli su kasno noću. Dotada su bili u birtiji. Pa eno šta je čovjek, šta žena! Kraj njega legla njegova rođača Ola, udana, ali nepostarana, nego još svježa i narumena snaša. I čim se spustila na sijeno, već se u njemu porodila ona obična misao, a žmarci se razišli tijelom. I bliže joj se primaknuo, posve blizu. A pokasnije i ruku poispružio i njome zagrlio Olu. Ola se nije niti pomaknula na to. I ni riječi nije rekla. Kao da spava. Pričinila se. Drugi su polijegali uzduž štaglja, a njih dvoje sami upoprijeko, pod zabat. Sijena dosta pa su upravo utonuli u njem. Nitko ih od ono čeljadi ne može ni da vidi. A ono svi oni tamo do posljednjega odmah su i pozaspali. Ko poklani.

- Olo! Čuj... - šaputao on, cjelivao joj usne i povlačio ruku njedrima.
- Ipak... ipak, šta si ti to naumio! - trzalo se podjedno u njemu. - Nekoje ti tetke ona je kći. I uvijek ste se vladali kao rodovi, a sad bi ti... Ipak - dignutu ruku nije povukao natrag. Gdje bi to jedan Đuka Begović učinio! Nije on vičan uzmaknuti, suspregnuti se, obuzdati.
- Olo! - zazvao zato i opet kroz šaptaj i nadnio se nad nju. Ona, oćutivši ga nad sobom, napustila je onu pritaju, otvorila oči i zagledala se u nj načas tobože začuđeno, a onda... - Đavole! Ti! - nasmijano šanule usne u nje. I njene ruke samo mu se povile oko vrata. Sijeno, mirisavo i suho, u tišini kasne noći samo je ušuškalo obzirno i ublažljivo, kao da mu se hoće oponašati šapat lišća, priču potočne trske, šum lahora kroz zrele usjeve ravnice. S bađa je onda i mjesečina pobjegla. Pustila se naniže, tamo u pravac potkrovlja...

Đuki to nije izlazilo iz glave. I preokrenulo ga to iz dna.
- Eto, viš, taki si ti! Poštenjar, pokajnik! Đavol si ti! I svi ste vi takovi, svi što vas je. I kakva je Ola, takva je Anka, kakva Anka - takva Seka, takva iz ovoga, takva iz onoga sela. Takva je sva vaša - naša - moja krv! Gadni ste vi - gadan sam ja!... - raspredalo se u Đukinoj pameti to jutro.
- I sinoć! - sjećao se on sinoćnjega u birtiji. Eno, kakav je to svijet tamo! Pije se to, viče, crvenim licima i mutnim plaminjavim očima prosjevava strast i žudnja. Rusvaj!... Sve kao čeka mrak... Onda će zatepati kroz jezike, zagolicat kroz meso, zasvrdliti kroza kosti, udarati o mozak ono - ono, ona luđačka bijesna čuvstvovanja, onaj

razirošaj, i sve će se to rasuti po mraku i po sokaku, po kutovima i po štagljevima. I eno!... Tako se to vidjelo Đuki.

I onda - vidi on i to - te lude žene samo šute. Nijeme su da rinu od sebe. Eto, Ola... »Đavole!« - eto, to je sve što je znala progovoriti. I, ni spomenula nije srodstva, svoga muža...

- Pa i ja! - kaže si Đuka. - Znam, rod mi je, a ipak obgrljavam, grišim... Gad! - kudi on sebe. Kasnije, po zajutarku, eno, stao na sokak, zapušio kupljenu dućansku cigaretu, podbočio se i zagledao u kuće, dvorišta, gospodarske zgrade, u ljude, a ono, to od noćas ne ide iz misli... Seoski ljudi, pa oni iz Podunavlja i Posavine, žene im i djeca, usprolazili širokim sokakom lagano, lijeno... Već kao u svečan dan. Djeca uspištala na pištalice, uzvrtjela čegrtaljke i usmijala se. Plave pletene reklje s crvenim protkivom, gaće s vezovima iz vunice i svile i s jednostavnim porubom, ženski oplećci sa čipkastim i golim rukavima, svilene suknje, dereklije, skuti od šotoša u krupnom srozu, zatim oni s velikim svilenim rezom i šljokama, đerdani dukata, mlađa, ljepolika a ipak bojadisana lica ženskinja - šarala jednu veliku pomičnu sliku koja godila Đukinu oku. Drago mu dolazilo te je i on među tim svijetom koji nasmijan i u tijelu razvijen i zdrav, široke volje i raspasana života - kreće u jednom smjeru: Gospinoj crkvi. Nego se u njemu odmah i trnulo to. Morao je da misli o sinoćnjem i noćašnjem... I pitao se: zašto se ti ljudi skupili tu? Na proštenje?! Nije valjda. To nisu. To se ne vidi na njima. U kojem je od njih tvrda vjera?! Koji od njih misli samo na spas duše svoje. Ne misle li oni kako li će se sastati s poznatima i prijateljima, kako li pozabaviti i pogostiti, najesti i napiti, a samo uz put u crkvu poći i preko usana ispustiti Očenaš!? - Ta običaj je ići na proštenja, eto, zato su tu - odgovarao si Đuka. Izjasnio si to. Ali sad zašto je on tu? On nije radi jela i pila došao.

- Da zašto sam? - zapitao on sebe. - Da se pokajem?! Da se pokajem što me rodilo? Šta ja imam okajivati! Ja - pa da okajivam! Bi l' možda morao malko i proplakati i pocmizdriti? - i odmah mu se potom vidjelo ludo što se uputio s tim babama, s Tunom Ilijinim i s djecom. Činilo mu se to bolesnom slabošću, nečim što nije dostojno njega: Đuke Begovića. Podišlo ga i čuvstvo stida, nepriličnosti. Ta on, on - Đuka, hulja prvog reda, bećar da mu para nema, pa on da poklecava, oltar ljubi....? To on neće. Ne, pa da se o životu radi!...

S crkve jecala zvona, medičari i drugi majstori izvikivali svoju robu, pištalice pištale, dječurlija hihotala - on samo stao, pa stoji nekako zablenut. Ovda-onda prođe tkogod od njegovih seljana, zazove ga, a on ni riječi. Kao da ne čuje. Konačno izišla i Ola. Lice si ocrvenila, usne isto, obrve nagaravila. Dukati joj pod vratom. Stala preda nj...

- Ajd, Đuka idemo -

On je samo pogledao.

- Eto, sad ona misli da mora upravo sa mnom ići! - mislio on.

- Ajd, najprvo u crkvu, onda ćemo u bircuz. Ručak ja plaćam - mekano govorila Ola. Njemu se i to gadilo.

- Eto, ona misli mene imati kao »švalera«. Cili bi dan samo uza me pritucavala. Luda! - išlo Đuki mozgom, ali nije ništa odgovorio. Istom kad ga Ola potegnula za rukav, okosio se srdito na nju. Njoj se to dalo nažao.

- Zašto ti...

- Hm!

- Viš, a...

- Th!

- Šta sam ti skrivila? Lipo ti! Najprvo oko mene, zaludiš, a sad rivaš. Ti...

Nije joj dao dalje. S tih riječi u njemu uskipjelo. - Bež' od mene, jer...! - protisnuo on kroz zube i zamahnuo rukom. Ola preplašena i žalosna uzmaknula i zaputila se sokakom. Možda se to nje i nije toliko dojmilo koliko je pokazivala, ali svakako joj je bilo žao ovakova bećara kakav je Đuka. Možda je već smaštala bila kako će se oni kradom sastajati u kojem kutu gumna, na sijenu kakova štaglja, kako će se izgovarati pred mužem za satove što ih bude provađala sa Đukom. Možda je već i na to računala kako bi se dalo muža zaslijepiti kojom čarolijom da nigda ne progleda njezina preljuba. A sad - eto. Dogodi se njoj, Oli, što se često po tim selima ravnice događa. Prvi dan prvoga preljuba i - Đuka je samo otisnuo. Đuka je to bez premišljaja učinio. Došla mu mrska... Šta ga sjeća na ono što je učinio? Zar je on baš tako htio! Zar nije i ona tu kriva!

- Tako je došlo. Bilo pa nije... Zašto se nije otela nego samo »đavole!«, a ruke već oko vrata! - opravdavao on sebe, palio drugu dućansku cigaretu i pljuckao po erlavim daskama mostića pred sobom. - Gore kroz modrinu vozikali se bijeli oblačić, duguljasti i prozirni. Kao da su fino velo kakovo.

Sokakom se pronosio miris pržene masti, čula se zavijanja po avlijama i tuckali kojekakovi željezni predmeti. Đerme isto nisu mirovale. Škripale su uzamance, pa i po dvije po tri skupa. U pozadini mnogih avlija žarile se vatre, dimilo se, i čeljad mnoga tamo uzvikivala i grohotala. To se tamo peku prasci na ražnjevima.

Od crkve dosluhavao se čegrtaj i pišt dječurlije, i žamor i šum sličan grgolju brzih voda. Đuki sve to smetalo, sve ga razdraživalo. Preko puta od njega na avlijska vrata izronila neka reduša potpregnuta do koljena, s obrašnjenom maramom na glavi, zasukanih rukava s masnim otarkom umjesto pregače, pa uzvikala: »Ivka, ej Ivka... Pečeno je!« - Očito, to je išlo koju komšinicu koja u krušnu peć one reduše dala svoje tijesto. I to je Đuku ljutilo. Poslije naišao otrcan guslar-slijepac, s debelim crvenim usnama, masnom bradom i sav poguren pod punom torbom, a o ruci musave djevojčice s vlatom sijena u razbrkanim kosama. Pred Đukom pustio kroz gusle - ovčjom kožom opšivene - jednu mutnu i nisku, možda i najnižu notu i zabugario: »Udi-je-li, bra-te draa-gi...« Đuka se samo namrknuo.

- Gle ga - taj bi se pobratio! - mislio. - Bež'! - reko mu s one šokačke ponosne visine. - Ne drombuljaj tu, drombuljane!... - Okrenuo onda i lice od guslara, a iz džepa povukao i treću cigaretu.

Dosadilo mu... Omrzlo. Cio je bio protivan tomu proštenju. Iščuditi se nije mogao odluci koja ga dovela u otu Ilaču. Smalaksalost, malodušnost!... On sebe eto svrstao u isti red s babama, s jadnim Tunom Ilijinim i drugom čeljadi što okajiva svoj život! I pristao među njih ko deveti u plug.

- I ti, još živiš! - kazivao sebi. - Još je život pred tobom. Nemaš ti šta okajivat, ludo. Okajivaju oni koji će sutra u groblje, a šta 'š ti tu! Zar će se sud brigati za tvoje molitve! Molio ti ne molio: sud radi. Eno oglasa na općini, eno ga i na tvom duvaru. Čitaj! A onda, šta se briga bog za tvoju muntu, što li Gospa Ilačka, beno tulumasta!...

Tako se bunilo u njemu. I nije dugo baš... Ta nije se on dao sam pred sobom sramotiti! Ne bi on to ni za sav svijet, a kamoli za to jedno proštenje!... I eno!... Kad je sunce u sutonu probilo kroz natkriveno bađe prazna njegova štaglja i kroz daske baštenoga plota krvavim zrakama ispresijecalo upoprijek dvorišta otegnute sjene kuće, kolnice, đerma i svinjca, a po sokaku se uzvikale reduše dozivljući guske i patke - Đuka je zašao u svoju kuću. Ostavio je Ilaču, svoje suseljane, Olu, proštenje, pokajanje, sve, pa dojurio što željeznicom što nogom, ozbiljan kao nikad. I odmah je odlučno uzradio na prodaji zemlje da se oslobodi duga i dražbe.

- Prodat! - govorilo kroz svaku njegovu misao. Komu? To se nije pitao. Ta deset, dvadeset njih javit će se u čas čim samo lane riječ o prodaji.

Zbilja. Već sutradan bio u varoši ugovor dogotovljen, dugovi isplaćeni i Đuka dobio povrh jednu hiljadu i dvjesta kruna u gotovom novcu. I kuća mu ostala. Konje, kola i drugo gospodarsko oruđe također je prodao. Novac odmah uložio u banku u misli e će tih hiljadu i dvjesta kruna biti Smilji o udaji. Odmah mu i olakšalo. Izvedrio se. Tjeskoba i nezadovoljstvo iščezlo s njegova lica, stas mu se poispravio, izražaj oveselio, usne se podsmijevale. Raditi da je i htio nije sebi imao šta. Stoga je svaki dan od uranka boravio kod čič-Marka i bab-Mare, poslovao im štoto, jeo u njih i razgovarao do kasno u noć. Svi mu razgovori bili tihi, bez rogobora i podvika. I govorio je ma o čemu, ma šta, pretresao sitne seoske stvari i smišljao doskočice kroz cijeli dan. I svaku skoro večer je uz to prosjedio. Pošto bi on to nekad!... O sebi nije govorio, o raspu svog imetka isto ne. Izgledalo je kao da se i za Smilju brine.

XV

Svako u selu zna kako to Đuka Begović sada živi. Ali svako je znao i to da kod jedinca Šime Begovića ne može ostati pri tomu. Pa i nije!... I opet se on promijenio. I eno - šta bî!...

Bilo to u jesen, onda, kad svanutak dana sviće u tananoj, prozirnoj rumeni, a hladna krupna rosa cakli na svakom povoru po povelim travama, dok se nisko nad zemljom i vodama puše rijetke plavičaste magle. To su bili listopadski dani. Dani mlake vedrine, tiha lahorenja povjetarca, oblačićâ što izrone samo tamo večerom pa plove nisko, uz granicu... Selom dakako sve u poslu. Branje je kukuruza... Povazdan prolaze kola za kolima krcata velikih rudih klipova. Bez ljuske su. Kome ih na njivama, odmah po uzberu. I samo ih nahitaju, uzvrh kola pa: vozide, kočijašu! A kočijaši voze lagano. Težina je u tim kukuruzima. Kola sve škripe i cijuču. I svi su veseli: i berači i kočijaši. Sve njive u sav dan, svi oni: jedna su pjesma, jedan hihotaj i smijeh. A komljenje ljuske samo šuška kroz njive ko šum vodâ u proljeće. Na putovima kočijaši puckeću bičevima i jezicima, mlađi i gundulišu...

Eno, samo tek zamnije kroz škripu i ruženje točkova čeznutljiv stih u otegnutoj i sumorno-toploj melodiji...

Na-mo-luj se, diko, na pa-pii-ru...

Onda opet uspuckaju bičevi, pronese se fićuk i javi drugi stih:

Da te vi-dim kaka si u tii-lu...

Draga, mila mlakost, toplota u jednu riječ!... Sanjanje jedno, uspavkivanje za svu čeljad sela! Svima su ti dani neizrecivo mili. A mnoga se kola još i pred birtijama ustavljaju. Kočijaši ispijaju tamo po decilitar rakije, potresaju glavom i voze dalje... Pred rastvorenim vratima avlijâ očekuju domari, starci i mlađarija, svoja kola.

- Eno ih! - čuju se povici. Svaka kola dočekuju djeca s vikom, a potrkuše pa i razjedrane cure pjesmom... Samo se istom oklizne s bađa na štaglju u zvonkom pojeku:

Lju-bi-lo se...

Ljubilo se dvoje ljubi-telja...

I onda brze ruke sve se jagme u pretovarivanju iz kola na tavane i u štagljeve, u pojatke i u ambare.

Neka ga samo što više. Smjestit će ga oni već i u sobu. Samo: neka ga!

Tako sve do sama večera. I na mjesečini još znadu nekoji,

okasnjeli, istovarivati kukuruz. Istom u blijedom svjetlu zavečerja smiruje se ona veselost i hihotanje načas za stolovima, a po večerama i opet kipi i šumi sokacima uzduž i poprijeko, raspasano i nehajno... Ko široka rijeka u preljevu!...

U čič-Marka i bab-Mare bilo isto branje kukuruza. Samo Đuka fali među njima. Dva-tri dana, kako im ne dolazi. Dane i dane bio uz njih, vedar, nasmijan, razgovorljiv, a onda opet počeo omrkavati, pošutivati. I što dalje - sve gore... Konačno, eno ga, postao kakav i prije: razdražljiv i srdit ma za kakovu riječ. Prisnivao je isto... Danas mu se činilo da baba-Mara ogovara njega pred čič-Markom, sutra da mu kod jela mjere očima koliko jede, prekosutra ovo - zaksutra ono. Vidjelo mu se, njegovo prisustvo smatraju teretom iz koga ne crpe nikakovu korist, a pred njim očimice samo hine neku zauzetost i dobru volju. Zato ojednom on, Đuka, i ne dolazi čič-Marku. Uvukao se u kuću, kao sova u duplje. U selu isto nitko njega ne vidi. Istom u sumrak vidi ga tkogod, ide s njiva ili iz šume. O ruci mu obično sjekirica, o ramenu svežanj pruća, ili snop šiblja. Opazi li da će se sresti sa čeljadetom, odmah se ugne putu i stazi i ide preko njiva i oranja upoprijeko. Dao se ukratko na lutanje i bazdalikanje... To je u njemu i opet uskopalo. Javio se stari nemir i staro nezadovoljstvo sa onim životom u kojemu je. Novac! I on! Dabome! Taj ga pače nadasve tištao. Hiljadu i dvjesta kruna on da pokloni! A komu?... Kćeri? - Ne, neće to biti njoj. Ona će se udati, a muž će joj zapandžiti taj novac ko kanjo pile. I onda - propit će, rasuti... Bude li joj muž šokac, seljak, razbacat će novac na rakiju, na fine konjske orme, iroški sersam; kupit će si srmanu haljinu, čizme što škripucaju, kožnato sjedalo u kolima i drugo... Ništa pametno s novcem neće učiniti. Takvi su već danas ljudi!... Bude li majstor kakav, pogizdat će se uz taj novac još i više. Htjet će svaki dan s općinskom gospodom piti i jesti po birtijama, nositi se kao i oni: gospodski, po sobama će porazmještati kojekakove drndolije, fine krevete, ormare i ormariće, ogledala i slike sa zlatnim okvirima. Možda će kupiti i kakova kolica, okovana i omaljana, onako nešto ko »karuce«. Bajagi, da se on majstor-čovjek ne voza po vašarima i varošima u prostim šokačkim kolima. A svijet kad ga vidi, šta će svijet?! Kazat će: »Eto, to je zet Đuke Begovića, onog belendova i budale! Dao sa kćerju hiljadarku i još dvije stotine, a ovaj se sad voza ko mali »spaija«!« Da, tako će svijet kazivati i smijati se njemu, jednom Đuki Begoviću, možda i u sam brk. A zašto se ne bi smijao? Zašto je bio tolika luda pa dao da se drugi njegovim novcem gospodi i keri!... A možda će Smilja dopasti i kojemu adrenjaku u šake, koji će mile-lale oko nje dok ne protuče i ne spiska tu hiljadarku, a onda, Smiljo, idi ludu ocu neka te hrani... Tako mislio Đuka. I gledao on već na to, kao nešto što se zbilja sutra, prekosutra ima dogoditi. Zato i je kivan na sve oko sebe. U svakom čeljadetu - misli - skriva se neprijatelj, zloba, podmuklost i nenavist. Naročito čič-Marka i baba-Mara. Onaj sa svojim onim kao bajage dobrodušnim pokimanjem glave i sklapanjem očiju, a ova sa ono pomodrelih usana, nategnutih na smijeh u toliko da se krezube čeljusti vide! Oni pogotovo mora da njemu ne misle dobro. Možda i oni računaju na tih hiljadu i dvjesta kruna. Kad bi ih samo dobila Smilja u šake, već bi oni oko nje uzlagali, naoko iz same skrbi; ona bi novac dala u njihove ruke i - razumije se - izvarali bi je ko Ciganin boga! Ali neće, ne, nikad! Neka se nitko ne veseli! Novac Đuke Begovića neće u ruke seoskih drišlja i gramzivaca. Nije Đuka pomjerene pameti! Ta, evo, već i s ovoga, evo, već i to:

- Šta ti sam imaš od toga? - pita on sebe - kraj hiljade i dvjesta kruna živiš kao čordaš ili truljo kaki! Visiš o milosti babe-Mare, njezine trpeze... Jok - tako to ne može dalje! Ti to moraš promijeniti - nalaže on sebi i sve smišlja kako će promijeniti odluku da ono novca ne bude Smilji. Dakako da tu nije trebalo duga promišljanja. U tim stvarima se Đuka snađe brzo. Eno! Skoro potom, za par dana - nedjelja je bila prije jutra i osvita, već on turio knjižicu štedionice u džep i kradom otišao preko njiva do drugoga sela. Tamo sjeo na željeznicu, pa se odvezao u varoš podignuti novac.

Pa šta!... Šta da uradi Đuka Begović, bećar po krvi i životu, kad mu šušnu banke, plave i crvene banke, u džepu, među prstima? Eno! Izišao on iz štedionice, popostao, raskoračio se, turio ruku u džep, zašuštio bankama i kao zamislio se.

- Ko salata! Upravo!

- Ko salate ih! - šaputao on sebi, očito razdragan i uradošćen šuštem banaka. Odmah u njega uskrsla i široka volja, kapa ko sama od sebe spuzla nad jedno uho i poklopila jednu obrvu, naherila se, oči uziskrile, a on sam ponarastao. Eh, Đuka!... Ta, nije on baš bambadava sin Šime Begovića, jedinak njegov, onog Šime koga poznavala sva sela od Kopanice do Vrbanje i od Gundinaca do Korođa, te koji nije propustio ni jedan veći vašar a da se na njemu ne prokeri onako od srca, istinski, i ne napije tamo do groca. Da, taj Šima je njegov ćaća, a ovaj Đuka njegov jedinak. On je, eno, s njime još za malih nogu bećarovao, eno, ko odrastao čovjek, ciktao i napijao, prosipao piće i davao forinte Ciganima kao stara iškolana raspikuća. I sve je onda još posvojio od Šime. Isti način sjedanja za trpezu, isto raskapčanje prsluka, isto natakanje čaša lijevom rukom, pa i isto ispijanje do dna. I pjesme iste njemu omiljele. Kad bi Cigani zapjevali onu glasovitu:

Ej, dok nad carem ne uzbude cara,
nad Šimunom neće bit bećara,
aj, haj, neće bit bećara...

- Šima je svagda iskapio čašu i tresnuo njome ma kuda. Bilo o pod, bilo o zid ili o peć. Đuka isto čini kod iste pjesme. I raširi se on na birtaškoj klupi, baš onako kao njegov ćaća Šima, kao onaj koji nad sobom ne priznaje gospodara. Ruke razbaci lijevo i desno, noge protegne ispod stola i raširi, cigaru turi duboko u usta i čvrsto stisne zubima, kose razbarika uvrh čela, a kapu otisne na sam zatiljak. I kad progovori koju riječ, izriče je tvrdo i brecavo, s visine, a lice mu sama oholost zastire, usne se prče. Brk opet svaki čas zavrće i podiže. Glas mijenja. Sad progovara duboko i hrapavo kao svi oni seljaci koji puno rakiju piju, sad visoko, samim grlom. Naprosto poznati ga ne možeš. Uvelike je različan od onoga Đuke u kući, na sokaku i na njivama. Onamo u njega znade biti po licu tugaljivosti ili susmješljivosti, vedrine ili mrkosti. Već prema čuvstvima u njemu. A ovako za birtaškom klupom ni zere od toga nego ga eto posve u drugom liku.

- I vi... vi... šta vi svi skupa možete, smijete, znate... Ništa! Mene vi trebate viditi. Ja radim tako, živim ovako, kerim se onako. Spaije nuštarski i vukovarski nisu za mene nitko. I okružnik, sud, žandari, općina - sve to za me baš ko i - Ciganin. Ne boji se ovaj ni od šta na svitu! Ta... ja... ja... ja je l' ja... uh!... - Sve to govori njegovo ponašanje, sve to izbija iz svake njegove kretnje. Tako se pijan Đuka izričito i hvali. Upravo tako i njegov pokojni ćaća Šima činio. Pa šta onda da taj i takav Đuka razmišlja, osjećajući kup banaka među prstima? Ne treba Đuka Begović nikakovih promišljaja uz novac. Neće se Đuka Begović zamisliti nad tim, kao Grk u praznu dućanu. Jok! On samo pusti sebe nogama. I uvijek on skoro tako... Noge ponesu kuda treba. A noge - one ga ovaj put ponijele ravno u birtiju »Velika pivara«. Došao, sjeo za stol, razmetnuo noge, raskopčao prsluk kao i svagda, kapu oturio na zatiljak, kako mu već u običaju, i daj: jedi, pij! - Navalio na jelo, kao gladna godina. Kad je to još bilo, kad je on nešto čestito pojeo. U bab-Mare jeo je nezafrigani grah, ukiselo krumpira, kiselu čorbu i onda opet papulu od graha, krumpir uslatko, taranu, i opet: Jovo nanovo!... E, a ovdje sad »paprikaš« pa kako se ne bi na njemu izdovoljio!... Kad se nasitio, razumije se s časa je načas prinosio čašu ustima, ispijao, ispijenu nehajno puštao na stol i pogledao oko sebe, po gostima. Bilo ih svakojakih! Nekakovi majstori, šta li su, građanski obučeni, s cigarama i cigaretama u zubima, s prstenjem po prstima, lancima preko prsluka. Đuka, dakako, ne može da sjedi a da ni s kim ne govori, pogotovo onda kad mu piće malo zavrti mozgom. Zato se on zakratko upustio u divan s ljudima oko sebe, sjeo k njihovu stolu i, da im se oduži za to, što se popije preuzima on na svoj račun.

- Pijmo! Ja plaćam! Šta da štedimo. Umrt je ko umrt, pa nek ide! - obrazložio on ovima, a ovi objeručke prihvatili. Neki ga među njima i poznavali po viđenju, čuli za njegov bećarski život, pa da mu se ulaskaju, hvalili njegovo neprigibanje glave ni pred čim, kao i njegovu raspojas. Njemu to osobito godilo čuti od varoških ljudi. Uživao i iznosio odmah razne zgode iz svoga bećarovanja, voljenja po selu, spomenuo i prodaju zemlje...

- Ah, pa šta će mi ko!... Ja i opet ostajem koji sam. Napio sam se, nakerio, navarao cura, naljubio žena, mnoga za me bila je bijena. Radio sam šta sam god tio. I još ću... Zemlju sam prodo, al zato još uvik moji džepovi puni novaca, ko šipak koštica - kazivao im Đuka i tuckao rukom po džepu.

Vrijeme odmicalo, čaše se često praznile, a iza svake svi oni postajali sve govorljiviji i govorljiviji. I divan među njima već i nije bio govor, nego vika, smijeh, larma, galama. Đuki je godilo društvo tih varošana. Uvijek je on rado hvatao zgodu s varošanima piti i zboriti. I dosta on već poznavao tih varoških majstora i te varoške čeljadi. A na vašaru gdjegod, kad se sastane s njima - odmah oni uzajedno idu pod mehane pa jedu i piju. Njegovi seljani dakako vide to pa po selu pripovijedaju, a to Đuka voli. A onda volio on s varošanima piti i radi toga da im pokaže kako i jedan šokac može i umije da razbacuje novac, kako se i šokac »gospodski« vladati znade.

- Nek vide, krst ih utukao, da i šolja umi razmetati se i razirošiti! - Đukina je riječ.

Nego, došla i večer. Đuka se sa svojim društvom ponapio baš pošteno. Svima se crvenila lica, kao pečeno račje meso. Majstori pronašli da treba poći kućama i uza svu protivštinu Đukinu razišli se. On ostao sam. Pa šta? Zar i on da ide kući, na selo!? Jok! Nije Đuka takovo čeljade, niti takova oca sin. Kad je on još došao u varoš, pa se samo okrenuo na peti i - natrag. Ne. Đuka to ne umije i neće. Zna on dobro da večerom istom i dolazi ono »pravo« u slavonskoj varoši. Onda se istom i počne s pićem, zabavom, lakrdijama i kerenjem. Ta eno, zar je on jedanput osvanuo u kojoj varoškoj birtiji napit ko spužva, uz Cigane i varošane! A pogotovo sad - gdje u njega tolik novac. Hiljada, i još više? Toliko nije nikada još imao u svom džepu, ne, otkad se rodio. - I sve u njemu, on sav, bio je za to da se prokeri onako pošteno, onako kako još nijedan šokac nije.

- Oću, tako ću da se prokerim, da će se spominjati u trideset sela! Crkô, ako neću! Šta mi stalo! Zemlja ošla ko ošla - pa kud ode iljada, neka ide i stotina - govorio sebi. Nije prezao pred takovom ludošću baš ni najmanje, znajući da će sve u njegovu selu uzrogoboriti na to i uzmotriti njega čudljivo, a stara njegova bećarska slava samo će se i opet podići, ojediti sve druge lole i bećare.

- Nek vide tko je Đuka! Znam ja: oni misle: ode Đukina zemlja, sad je Đuka mrtav i skrušen. Jok! Još Đuka diše, još on može prilipiti Cigi peticu na čelo. Još će oni viditi Đuke što ni od koga vidili nisu! - bančila se u njemu strašna rasipna želja i prožimala ga svega, nutkala, nagovarala.

Iz »Velike« je »pivare« otišao; jer tamo bila samo još dva-tri gosta, i ta tiha, ozbiljna. Onda je pošao ulicama, iz jedne prelazio u drugu. Lunjao je bez cilja. I svaku on zna napamet i u svakoj svaku birtiju, od najgospodskije do najprostije. Zna on i gdje svirke biva. A do ove i jest njemu. Jer, gdje bi on, Đuka Begović, pio bez svirke? Ne, to se ne da! Ne može se on bez svirke prokeriti, pa da ga lijepo objesiš. Kakovo je njemu veselje i kakovo uživanje grcati i grcati samo piće! Nije to slatko. U tomu nema ničega. A onda - to se može i u sobnom zapećku, ne treba za to birtija, a još manje varoš. Dakle, kad je već tu, e, onda mora to biti tako bećarski i neobuzdano da svako čeljade mora samo stati, zinuti, pa gledati. Najposlije, kerenje to niti nije opijanje, već samo bančenje, razuzdavanje, i razbacivanje, prosipavanje pića, razmrskavanje stakladi; to je bacanje novca ututanj.

Kod »Stare« je »pošte« Đuka otpočeo. Došao, a tamo nekakovi majstorski kalfe, majstori, varoške sluškinje i još kojetko. Viče se, galami... Nekakav stari odrpanac, kusatih brkova, svira u harmoniku i poigrava pred jednim punim stolom. Đuka sjedne u kut... Zna on tu birtiju. Tu je on s ocem Šimom često puta dolazio. Eno samo ono jedanput... Onda kad su se vraćali s mikanovačkog vašara po Bartolovu. Prodali bili dvoje junadi. I kako počeli piti pod mehanom, tako nastavili putem kroz sela... U varoši opet zašli ovamo: u »Staru poštu«. Tu su utjerali i kola u avliju. A onda - pij i tjeraj kera. Otac Šima dao naredati sedam-osam flaša s vinom na stol, a onda dohvatio ćulu i samo ih porušio na pod. Staklo uzrštilo, vino poteklo, bare cijele uokolo, a ćaća-Šima samo hladno progovara:

- No... no... ništa... ništa... to! Donesi još pet-šest tih flaša. Moram zaliti tu sobetinu. Puna je prašine, a ta škodi zdravlju. Nosi, Rezika!

A Rezika onda opet nosi... I piju oni. I Rezika s njima. Pozna ona svoje mušterije. Eno onda sjela i na krilo ocu Šimi, pa mu zavrće brk, tura prste u kosu i govori:

- Dragi moj: spaijo mali!

A otac Šima, kao da ga zlatom obasipaš. Gode mu te riječi, slatke mu ko šerbe. I oholo se podsmjehava na njih i ponosno izgovara:

- Da. Da. I jesam, spaija sam. I bolji sam od spaije. Ta ni bog sveti s neba meni ništa ne može!... - A kasno u noći otac Šima sav raskokodakan, Rezika pijana, samo što se ne valja. Kosa joj se razbarikala, pala u pleticama niza pleća i samo tep, plete, posrće... I - drugo...

I još koječega se Đuka spominjao i pio... Rezika tetošila oko njega, iako već sva postarana. Očito je računala: sin kao i otac. Nego, Đuka se nekako poslije onog spominjanja potmurio i osumorio, pa mu nije ni do šta. Ipak je uzeo večeru, par cigara, i dozvao onog s harmonikom, dao mu dvije krune i zapovjedio da nešto posvira, a sam se zamislio. Sve mu tu bilo nekako žuhko i bljutavo: i birtašica i vino i harmonika. Cigane je on htio! Ovo harmonike njemu samo dreči uz uši, ne hvata mu srca, ne uznosi duše, ne buni krv. A ciganska egeda, ona cikne i podvikne, kad ona zajeca i na njoj struna kad neobuzdano pogudi - to je čovjek odmah drugačiji. Mijenja se u srcu i na licu. Drugim, punijim dahom, dahom zanosa i zaborava diše. Sanja i prosniva uz egedu sve dane svoga života, spominje se voljbâ svojih, razočaranja i obmana; sa njom: sa egedom - živi. I eno! Za to se u njemu diže ovo poznato čuvstvo preziranja na to harmonike, na to svijeta što uživa u njoj! I pomisao da ovi isti ne pomisle te je i on njihove bagre čovjek - odmah mu nalaže da zasvjedoči da on nema ništa zajedničko s njima! Da! Oh - s oholim pogledom u očima - eno pruža ruke, pothvaća stol, podiže ga, onda još jedan žestok otisak i - zakršilo kroz sobu. Sve je odmah prenuto. I mir je... Gleđu ga s počitanjem, ćute nadmoć, preimućstvo njegovo, Đukino, nad sobom. On, Đuka, on to vidi i, da još jače sebe istakne, zove birtašicu i hladno, tonom svoga ćaće Šime, pita:

- Šta košta?

Birtašica naračuna par kruna, a on joj dade banku od deset kruna, dodaje da se kod njega ne računa na filire i - odlazi uspravan, s kapom na zatiljku. Za njim ostaju zazinuta usta, podvici, zadivljeni pogledi. On to zna, on zna, tek tako može biti, i to mu olakšava misli, udobrovolji ga, sumor s njegova odgniva lica...

Vani na ulici gluhi mrak, noć bez zvijezda. Ulične svjetiljke žmirucavo svijetle, a korak se čuje. Njegovi opanci šukću na varoškoj stazi. Izdaleka dosluhava se nejasna glazba, ali Đukino uho odmah u njoj upoznaje glazbu ciganskih egeda. I ne misli - kuda to on ide, on samo sluša, a noga korača kao sama od sebe glazbi bliže. I eno njega najednom u starinskom šetalištu, među kestenima i lipama. Uokolo leprši lišće, šuška, šapće, a odsprijeda rivaju se po mekim stazama trakovi svjetala. Glazba je već jasnija, jača. On već vidi i birtiju, čuje jeku i kriku iz nje. I raspojas već vri u njemu. Odmahuje rukama, oveseljuje se i viče poznati: »Aj - haj!« I evo ga na pred birtijom. Na birtijska vrata ulazi kao svagda. Žestoko ih potisne da okna zazveče, a onda na onako rastvorenim stoji i ponosno baca oči po gostima. I sad, čim je žestoko potisnuo vrata i s glavom navisoko zaviknuo supijanim glasom onaj »Aj-haj!«, iz dima se podizalo dvadeset-trideset glava, što muških, što ženskih. A onda stao još čas-dva i tek kad je opazio ciganska lica u kutu sobe, odmaknuo se od vrata. Kljakav vođa ciganske družine trgovački omjeri Đuku, upozna ga, i, očito zadovoljan, priđe k njemu.

- Ej, Đuka, kako je? - Kako zdravlje? - pita.

- Ne pitaj, nego re-ži, znaš, šta j' to: reži, sunce ti cigansko! - razirošeno mu odvraća Đuka, sjeda za jedan stol, naručuje pet litara vina, sebi i svakomu Ciganu po cigaru, podnimljuje se na ruke i - čeka. Cige mažu strune kalafonijem, udešavaju gusle gramzljivom brzinom, nerazumljivo nešto pokliknju na svom jeziku, a onda - stoje. Onaj kljakavi kratko nešto reče, povuče preko egeda i već sve egede cvile, pijujuču i jecaju, klikću; strašću i sumorom ječe ujedanput; smiju se i plaču u jednom istom glasku.

Bećarac je... U Đuku hitro silazi nešto sa tom glazbom, ide mu žilama, drma mu tijelom, u poklicima prodire na usta. I omamljuje, pali njega. Ćuti: glazba egeda obgrljava i stišće kao jedra ruka raspaljene cure, poji i opaja, kao poljubljaj njen u vatri požude. Usta mu se suše; žeđa... Pije zato... pije čašu za čašom, a onda se opet podnimljuje i bulji u Cigane, u gudala, u hitre im prste na strunama. I sluša on... Cige i pjevaju...

Išla cura pa išla,
Na Bačvana naišla,
u Bačvana kožuh bački,
»mider« devojački...
I slave Đuku, podražuju... Radi toga su izazvali u njemu raspojasu
rasipnost, stanje u kojem će čovjek na egedu i košulju dati svoju.
Đuka je takav, znadu Cigani, naročito Gliša. Oni mu to čitaju s lica.
Zato oni i popraćuju bećarac pjesmom, upravo Đuki
namijenjenom...
Kad se Đuka bećariti pođe,
sto banaka nestade i prođe,
Što je Đuki za malo talira,
kad mu Gliša sve bekrijski svira;
šta je njemu i za stotinjarku,
kad u džepu nosa iljadarku.
Ne zna Gliša da je u Đuke »iljadarka«, da on zna za to da će Đuka
shvatiti te riječi kao porugu pa će izvući sav novac što ga ima da
pokaže Ciganima i svima da on nije istom kakva šolja. I ne vara se
Gliša. Pecnulo je to Đuku. I eno, odmah je potegao iz džepa kup
banaka, trgao između njih par stotinjarki, podrmao njima uvrh
glave i zavikao:
- Šta? Mislite li, Arapčadi, Đuka nema, on nije kadar svirku platit -
oca vam ciganskog, a?... Reži!... Svu noć samo meni sviraj! Za svu te
noć plaćam!...
Gliša i družina, čim vidješe onaj kup banaka, odmah zamrmoriše
nešto o »devla... devla« i zagudiše, zarezaše slađe i
mamenije. »Primašu Gliša, lukav ko Grk, sve se stopu po stopu
primiče Đuki i sve tišu provodi glazbu. Konačno eno ga nad samim
Đukom, eno se nad njegovo sagiba uho, eno postavio čašu uz
strune, da positni glas egeda. I eno sad se povija oko Đuke i tiho,
tijano, od najtišeg tiše ćuha, svira narodnu pjesmu, mutnu ko
jesenje kaljave vode, tešku ko olovo, žalosnu ko umiranje...
Sićani glasovi prve strune Glišine kidaju se sa egeda kao očajni
glasovi gdjegod nadaleku, gdjegod u planinama među jelama i
kamenjem, plaču kao što djeca plaču mala, a oni jači, s drugih
egeda, stižu ove ko plač kakve ostarjele majke...
Onda ciknu i kroz goru viknu,
al tvrd kamen odazvat se neće.
I sve se čini, sad će glazba prekinuti, stati, sad... Đuka kao izvan
sebe... Za svakim glaskom njegova se potresaju ramena, pesti se
grče, usne krive a tijelo nagiba egedama, bol s lica progovara. I

daha ne čuješ od njega. Gliša opet sve i dalje udešava... Sve se stopu po stopu unatrag odmiče, a Đukina glava za njim... Đuka kao očaran.... Ide za strunom ko za izgubljenom srećom. Srce će mu - čini se - prestati kucati, dah će njegov zamrijeti, život se zanavijek prelomiti - odmakne li se Gliša predaleko. Zato Đuka hitro pruža ruku i ne da Gliši natrag...

- Ne id'!...

Gliša i sve jače svira, skida čašu tamo ponad kobilice, nek sve strune punim cikom cikću, a Đuka vadi banke: petice i desetice, pruža jednu Gliši, i treptavim glasom šapuće:

- Tiše... tiše... onako ko prije!...

Gliša se onda i opet stopu po stopu Đuki primiče i iznova usitnjava, a onda opet ide unatrag i pojačava glazbu, dok se i opet Đukina ne pruži ruka i u njoj banka, i dok Đuka i opet čisto ne zašapne:

- Tiše... tijanije! Majku ti... dicu ti... Cigane, Gliša...

Đuka je sav u golemom čuvstvu, što ga porodila ta silna, a tiha svirka. On i ne zna, a suza mu se krade između trepavki i nečujno se runi niza obraz. Pa šta su sve te banke, šta zemlja, kuća, kći, rodbina, cio svijet, šta sve to prama tomu golemomu čuvstvu! Za Đuku to - ko i ništa! Da, on bi zbilja i košulju dao svoju sa sebe, samo da ne stane Gliša, da ne utihnu egede!

I gosti svi naokolo pod dojmom su te tužne glazbe. I oni svi ćute, miruju, puštaju se titrajima struna iz konjskoga repa. Osvojeni su...

Noć prolazi... Blijedilo prije prve zore već povire kroz mrak... Đuka se jedva jednom naužio glazbe i pošao dalje... Otišao eno uz blatnu rijeku u zabavište. Čim stupio unutra, uzvrtjele se oko njega raspustite polugole djevojke, obojadisanih obraza, raskudrane kose, previslih grudi... Naročito kad su opazile da on plaća kavu krupnim novcem, uzjagmile se oko njega. Ljube ga, grle... a on, pijan od vina i svirke, samo se pušta... I krv mu se buni... Strast navire u žile...

- Dolje... dolje sa odićom! - zapovijeda on, raspušten ko nikad u životu, baca banke po podu, a one kupe banke i slušaju sve do jedne.

- Sviraj ti! - kriči na glasovirača, baca i njemu novac i pilji u ono nago plešuće kolo, uživa u razvratu cura...

Dolazi zora... Sunce izbija iz granice na istoku, a Đuka se zasitio cura i njihova plesa i eno ga i opet u onoj birtiji uz Cigane... Sprema se... Ide kući, na selo... Cigani moraju s njime. Naručio je i dvoja kola... Dolaze kola, sjedaju u njih, voze se, jure... sve ršti sitan kamen pod kotačima.

Đuka sjeo sam u jedna kola, a u druga smjestili se Cigani... Dolazi i njegovo selo... Eno prvih niskih kuća s bijelim odžacima!... Eno nešto čeljadi po sokaku! I eno još čeljadi izlazi. Čuju svirku...

- Šta je to? - čude se.

- Tko je? - pitaju.

- Đuka je! Goropad ga rastrgala - bekrija, juj! - govore, zakreću glavama, uzvraćaju očima i dojavljuju dalje, naprijed.

- Đuka je! - viču oni pred kućama ukućanima po avlijama.

A Đuka se samo izvalio na sjedalo, ruke razbacio lijevo i desno, kapu navukao na oči, u zubima mu cigara i ne gleđe u čeljad. Šta da gleda!

Zna on, to ih zadivljuje, zna, psuju ga, al šta za to! To će se barem pripovijedati dok god bude sela i seljana. A to je ono što on hoće.

Pred birtijom, »kod crkve«, stanu oboja kola. Đuka i Cigani udu u birtiju. Kočijaši potjeraju u dvorište. I - udri sada!... Pridošlo i nekoliko beskućnika i badavadžija pa s Đukom u bratstvo, u veselje, u piće! Konačno došle i dvije tri što su »svačije« i podigao se u birtiji rusvaj jedan... Bezum nehaja, pusta oholost, strast za uništavanjem i rasipavanjem carovala do u kasni mrak... Carovala do zadnjeg Đukina filira!...

Prije negoli je i po drugi put selo utonulo u mrak večera - Đuka je prodao i kuću i nastavio gdje je u jučeranju večer prekinuo...

XVI

Prolaze dani... Selo kao selo. Kako mijene danâ i vremena, tako i njegove. Sve po selu živi s težnjama nekakovima, bori se kako tko, napreže u ovom i onom, onemaže ovdje, pobjeđuje tamo. Tek ni u koga do smrti same sustajanja nema. Izim u Đuke, dakako. I njemu doduše prolaze dani, prolaze, idu, ali on ne osjeća njihovo prolaženje niti onoliko koliko nekad. Prolazili, ne prolazili, mijenjali se, ne mijenjali -Đuki svejedno. Đuka Begović ne slijedi selo, on ne slijedi dane, ne ravna se po njima, ne mijenja se po vremenu. Za njega kao da i nema više mijene. To on ne vidi, al u njemu je to, u njegovu biću. Na mrtvoj je točki njegov život. I kao na kraju je. Čini se barem, zapao je u jaz, zadnio do dna i sad više - ni makac. Da, on je sad sluga. Čoban je on u Andre Mijaljeva, u onoga Andre čiji je on život prezirao i ne poimao, u onoga krvopljuce kojega nigda nije trpio. Đuka se više ne miče iz sela. Nikud on iz njega. Ni u najbliži grad na vašar neće. Čini se, rekao bi, stišao se, upokojio; za svijet i ni za koga ne mari. Čini se... Rekao bi i upravo ga živa u selu nema. A nije, ne. Ipak - živ je on. Dakako, ono prije, ono je bio život od komada, od sile i snage, život u zlu, rasipanju i bećarenju, a ovo?... Ko i ništa. Kao, uistinu, da i ne živi. Onaj je život bio razmetljiv i raspojasan, razgradio je jedno kućište, otkinuo ciglu s cigle, razbacao do posljednje brazde i stope tolike njive i livade, učinio Đuku jednim bokcem i beskućnikom, čobanom. Ali baš zato to i bio - život! Još i sad njegovih je tragova! Eno! Evo ih, tih tragova, eno ih sada, na licu Đuke Begovića. Tamo se sav onaj nekadanji život ispisao. Ispisao se, duboke brazde urezao od očiju do usta i poprijeko preko čela. I onda nakrcao se sumor sâm na njega, na to lice; viri mu taj iz očiju, dršće na usni, trepće na dugoj vlasi sijede kose. Obrazi mu žuti i tamni: ko sirotani bez zdravlja i dobra. I sama su koža. Sve u svemu: to lice sa pognutim još tijelom, sa tapavim korakom, s riječima, izgovaranim na slogove - bol je jedna, bol bez olakšavanja i trzanja, bez suze i očaja. To je bol jednaka u sve dane, kad ulazi i zapada sunce, u snu i na javi. To je bol koju ne prati čuvstvo žalosti, osjećanje pregaranja, kojoj ne daje jači izražaj spoznaja i misao o njoj. U njoj je samo jedno: tupost. Da. Tupa je to bol. Rezignacija. Suvišnost...

On danjiva i noćiva vani u njivama uz čopor ovaca. Obično je sam samcat. Nit će tkogod k njemu, nit on traži koga. Nit se mije, nit se brije. I ne presvlači se. Na njemu sve kao jedna te jedna odjeća. Sav je u putnjici. Kad se sunce rodi, istjera ovce iz letava i - sa dva kuštrava psića do podneva prehada s noge na nogu za njima. Gdjegod uz živicu sprži si slaninu, ruča, na kojem izvoru uz potok ili na stanarskom bunaru napije se vode i to mu - sve. Do večera opet za ovcama ide bez misli prave i bez razgovora. Okolo čavrljaju ptice, dive se suncu i danu, miri poljsko cvijeće, zujikaju kukci, šareni liјеću leptiri - a on kao da to i nije. On samo s časa načas povlači iz svoje lule, zagriza zubima u kamiš i popljuckava preda se. To pušenje jedino osta iz onog prijašnjeg života. I za to se ne skrbi on, nego ručkarica koja mu donosi večeru iz sela, kći Andre Mijaljeva. Ona vodi brigu s njegovom plaćom, s kupovanjem duhana i drugim potrebama. A kad dođe večer, zapad okrvari, sjene se po poljima isprotežu, šuma u pozadini - crna i silna, ko golem gorostas - u drijem pane, tada ovce same od sebe kreću svomu noćištu predvođene ovnom. Ovan podrmava glavom i udalj šalje turovnu jeku zarđale klepke... Kod letava čeka ručkarica, prostire Đuki večeru, on šutke jede i pojede, zatim doji s njome ovce i - mrak je. Slazi noć... Ćuti se na svakoj travki i na svakoj busici, prodire u svaki kutić i u svaku zaklonicu. S neba se prosipa bljedilo mjesečine i strašljivo-varljive i čarne slike slika u daljinama. Ovce se stišću u kut letava, psi se kutre, s ovna ovda-onda drhtne i pojekne kratak udar mutne klepke i - mir je. Mir je, dok se otkuda ne dosluhne žamor kakav, ne javi ptica noći, ne zapoju cvrčci, ne uzbukaju bukavci na dalekom ritu, ne zasvira tambura u selu, ne popijevne sitno i glasovito u čeznuća i prosnive utonuo konjar na livadama...

Đuka Begović leži u to doba na daskama u čobanskoj kućici, zapravo kolicima na dva točka, puši, pljucka i odihava... Ne žali on niti za zemljom, niti za kućom, niti za onim životom bećarenja i kerenja, ne žali ni za čim. Nego sve do zaspiva leži i motri parčad zagasitog neba, treptaj zvijezde, čar bljedila mjesečeva kroz luknjice natrkova svoje kućice - tup kako svagda.

Nego, bog zna hoće li on u tomu završiti. Teško je to rasuditi na Đuki Begovića. Ne da se to. Zagonetka je on. Možda će se on i opet izmijeniti, možda već sutra, prekosutra... Možda će se i opet dati na opijanje, i bećarovanje, a pošto ne ima imetka, varat će, krast će... Možda će...

Also Available from JiaHu Books

Judita
Dundo Maroje
Suze sina razmetnoga
Chłopy
Ziemia obiecana
Faraon
Bunt
Ludzie bezdomni
Wampir
Quo vadis?
Pan Taduesz
Na wzgórzu róż
Kariera Nikodema Dyzmy
Utwory wybrane – Maria Konopnicka
Osudy dobrého vojáka Švejka za světové války
Válka s molky
R.U.R.
Hordubal
Krakatit
Továrna na absolutno
Povětroň
Obyčejný život
Babička
Hiša Marije Pomočnice
Az arany ember
Szigeti veszedelem

www.ingramcontent.com/pod-product-compliance
Lightning Source LLC
Chambersburg PA
CBHW021128130626
46554CB00002B/921